少年詩の魅力

海沼松世

てらいんく

少年詩の魅力

まえがき

　詩は難しいという言葉をよく耳にします。また、詩は高尚すぎて近づきにくいともききます。子どものために書いた少年詩についても同じことが言えるでしょう。そのように思われがちな詩のイメージを変えたい。もっと手軽に読めて、それでいて詩の楽しさ、面白さ、奥深さを味わえる一冊が欲しいと日頃から思っていました。

　私は、現在、ある文学講座で詩を担当していますが受講生の皆さんは本当に熱心です。初めて詩を書く方から書きなれた方まで様々ですが、講座を進めるなかで詩の基本や表現技法、専門用語などわかりやすく丁寧に表した書物がないことに気づきました。

　そこで、この二つの問題を解決するために本書の企画を考えました。この本は、詩は難しい、また少年詩って何？と思っている方々や少年詩のことをもっと詳しく知りたいと思っている方に向けて書かれたものです。もちろん少年詩のことをよく理解されている方にも読んでもらいたいと思っています。

　本書は七つの内容で構成しました。Ⅱ章の「詩の表現技法」では、比喩、倒置法、対句法、反復法、声喩について触れています。これらの技法は詩を読む上でも、また書く上でも、とても大切で重要なものとなります。そこでⅤ章「少年詩五〇の基礎用語」においても具体例をあげて詳しく説明を加えました。

Ⅲ章「少年詩を読む」では、六十四篇の作品を十のテーマに分類整理し、それぞれの鑑賞の助けとなるよう若干の解説を加えています。もとより一篇一篇の作品は読者自身の感じるまま自由に鑑賞することが大切だと思います。ですから本書の解説はそのための補助的な手段と考えてください。

作品収録にあたっては、特別の場合を除き旧字旧仮名は新字新仮名に改め、送り仮名は原文のままとしました。

なお、長篇を含めて多くの詩篇を用意しましたが、今回のテーマには入らないものや紙幅の制約などがあり紹介できなかった作品もありました。Ⅵ章の「いま読んでおきたい少年詩集」をご覧になり図書館などで掲載できなかった詩集にも目を通していただければと思います。また、本書に登場した少年詩の詩人の中には童謡詩人として活躍されている方がいます。詩にメロディーをつけて歌われる童謡については今回取り上げませんでした。次の機会にまとめたいと考えています。

本書を最後までお読みいただければ、この一冊で魅力ある少年詩の世界に浸ることができると思っています。

海沼 松世

目次

序章　詩とは何か

この本のタイトルにある「少年詩」について考える前に、詩とは何かについて考えてみましょう。

今、「詩とは何ですか」と聞かれたら、私は「詩とは、自然や身の回りの事物をより深くとらえ、それを成熟し磨き上げた言葉で綴ったもの」と答えるでしょう。しかし、この定義は私が今までに読んだ詩の本や詩を書き続けるなかで学び得た一つの答えにすぎません。十人の詩人がいれば十人の答えがあるように、詩に対する定義付けはなかなか難しいようです。

手元の辞書にもあたってみましょう。『広辞苑』（岩波書店）では「風景・人事など一切の事物について起こった感興や想像などを一種のリズムをもつ形式によって叙述したもの」、『国語辞典』（旺文社）では「心に浮かんだ感動を一定のリズムのある文体で表したもの」、『新明解国語辞典』（三省堂）では「自然・人情の美しさ、人生の哀歓などを語りかけるように、また社会への憤りを訴えるべく、あるいはまた、幻想の世界を具現するかのように、選び抜かれた言葉で表現したもの」とあります。〝感動〟〝リズム〟がキーワードのようですが、なにか漠然としていますね。

さらに少し歴史をさかのぼって考えてみましょう。私たちの国、日本では明治時代の初めごろまで、詩といえば漢詩（中国の詩）をさしました。その後、西洋の文化を取り入れるなかで、今の形の詩（近代詩・現代詩）が生まれたのです。そこで近代詩・現代詩の先輩である海外の詩人たちは、詩とは何かについてどう述べているのでしょうか。

詩人・中桐雅夫は『詩の読みかた詩の作りかた』（晶文社・一九八〇年）の中で、イギリスの詩人であるクライヴ・サンソムが編集した『詩の世界』という本を紹介しています。そこには、詩の定義が二十六通り引用されています。そこからいくつかをあげてみます。

・詩とは、一般的な意味で〝想像力の表現〟と定義されてよいだろう。（シェリー）

・詩とは、想像力と情熱のことばである。（ハズリット）

・忘れられない話《スピーチ》。（オーデン）

・詩とは、人生の批評である。（アーノルド）

・詩とは……他のやりかたでは、どうしてもいうことができないことをいうための、ことばの用い方である。詩のなかに生まれ出る（あるいは再生する）までは、ある意味では存在していないものをいうための、ことばの用い方である。（C・D・ルイス）

そして中桐雅夫は同書で、「詩の定義にとっては、定義できないということが重要なのである」とポール・ヴァレリイの言葉にも触れています。

一方で、日本の詩人たちの言葉はどうでしょうか。

・人間生活に対する体当たり的なエネルギーの放射だ。（高村光太郎）

・詩とは「直撃力」だ。（北村太郎）

・詩とは「比喩のこころ」である。（嶋岡晨《しん》）

・詩とは言葉で新しくとらえられた対象（意識と事物）の一面である。（吉野弘）

こうみてくると、冒頭で述べた私の定義を含め、定着した完全な詩の定義はないといってもいいのかもしれません。しかし、このことは、視点を変えてみれば次のようにいえるのではないでしょうか。「詩とは何か？　その定義はあなた自身が数多くの優れた詩を読み、味わい、その中から自分の考えによって作り上げていくものである」。一人の詩人の説にとらわれず、さまざまな詩集や解説書などを読みながら、あなた自身で詩の定義を築きあげてみてください。

Ⅰ章　少年詩とは

少年詩とはなんでしょうか。少年（子ども）が書いた詩だとお思いの方もいるのではないでしょうか。

「少年詩」（正式には「少年少女詩」。明治から昭和期の詩人・有本芳水《ありもとほうすい》が最初に使用したといわれています）とは、大人の詩人が子どものために書いた詩のことをいいます。一方、子どもが書いた詩は「児童詩」といい、明確に区別されます。ちなみに、大人の詩人が大人向け（子どもたちが読めるものも含む）に書いた詩は「現代詩」といいます。整理してみます。

A　**児童詩**――子どもが書いた詩。
B　**少年詩**――大人の詩人が子どものために書いた詩。
C　**現代詩**――大人の詩人が大人向けに書いた詩。

次に、作品をあげながら詳しく見ていきましょう。

A　（児童詩）

木

財津美幸

木になりたいな
だって木は
山の上でせのびをして
きもちよさそうでしょう
木は長い手をのばして
ひじをのばして
かたをのばして
いっぱいいいきをすって
みんなで
せのびきょうそうを
しているでしょう
木になりたいな

B（少年詩）

木　　　　清水たみ子

木はいいな、
ことりが　とまりにくるから。
ぼく、
木になりたい。
ぼくの木に、
すずめがたくさん　とまりにきたら、
うれしくて、
くすぐったくて、
からだじゅうのはっぱを　ちらちらさせて、
わらっちゃう。

C（現代詩）

木

田村隆一

木は黙っているから好きだ
木は歩いたり走ったりしないから好きだ
木は愛とか正義とかわめかないから好きだ

ほんとうにそうか
ほんとうにそうなのか

見る人が見たら
木は囁《ささや》いているのだ　ゆったりと静かな声で
木は歩いているのだ　空にむかって
木は稲妻のごとく走っているのだ　地の下へ
木はたしかにわめかないが
木は

愛そのものだ　それでなかったら小鳥が飛んできて
枝にとまるはずがない
正義そのものだ　それでなかったら地下水を根から吸いあげて
空にかえすはずがない

若木
老樹

ひとつとして同じ木がない
ひとつとして同じ星の光りのなかで
目ざめている木はない

木
ぼくはきみのことが大好きだ

AからCまですべて「木」がテーマになっている詩です。

Aの作者は大分県の小学校四年生（『こどもの詩』川崎洋編・文春新書・二〇〇〇年より）。

木になりたい思いを素直に自由に描いています。のびのびとしていて読後すがすがしい思いにさせてくれます。

Bの作者、清水たみ子は児童雑誌『赤い鳥』で活躍した少年詩・童謡の詩人です。詩集『かたつむりの詩《うた》』で第二十一回赤い鳥賞を受賞しました。『あまのじゃく』(国土社)より引いたこの詩もAと同じく木になりたい思いを描いていますが、Aの作品と違うのは洗練された言葉と表現の上で技巧がこらされているということです。まず、言葉にリズムがあるので、すらすらと流れるように読めます。また、倒置法や擬人法を用いながら木になりたい思いを鮮明に伝えようとしています。そして、ひらがな表記を用いることで、やさしい思いも十分に伝わってきます。このように、少年詩とは、子どもの目線でものを見、感じ、それでいて高度な作品に仕上げなくてはならないのです。「子どもにわかる言葉で、より深い内容の詩」なのです。大人になっても子どものようにものを見たり感じたりすることの難しさ。少年詩の書き手は、その困難なことを楽しみながら、詩作に励んでいるのです。

Cの作者、田村隆一は現代詩の重鎮で近代文明に対する鋭い危機意識を描いた『四千の日と夜』で注目を集めた詩人です。この詩も、Bと同じく擬人法や倒置法、リフレイン(繰り返し)といった表現技法を効果的に用いています。また人間中心主義に対する批判、現実の人間社会に対する失望感などに詩人独特の見方、とらえ方も感じられますが、その内容は高度で読者は高校生以上が想定されるでしょう。

もう一例、今度は「犬」がテーマの詩をあげてみましょう。

A（児童詩）

ぽち　　宮崎悠華

ぽちとさんぽ。
わたしは
ころびました。

でも、
ぽちは、
まってくれました。

しばらくいくと、
ぽちは、
おしっこをしました。

わたしは、
まっててあげました。

B　（少年詩）

イヌが歩く　　　　まど・みちお

イヌが歩く
四つの足で

どの足のつぎに
どの足が動くのか
どんなに見ていても　わからない

音のちがうすずを
どの足にも
一つずつ

ちりん
ころん
からん
ぽろん

むすんでやったら
わかるかな

C（現代詩）

ネロ　　谷川俊太郎

——愛された小さな犬に

ネロ
もうじき又夏がやってくる
お前の舌

お前の眼
お前の昼寝姿が
今はっきりと僕の前によみがえる

お前はたった二回程夏を知っただけだった
僕はもう十八回の夏を知っている
そして今僕は自分のや又自分のでないいろいろの夏を思い出している
メゾンラフィットの夏
淀の夏
ウイリアムスバーグ橋の夏
オランの夏
そして僕は考える
人間はいったいもう何回位の夏を知っているのだろうと

ネロ
もうじき又夏がやってくる
しかしそれはお前のいた夏ではない

又別の夏
全く別の夏なのだ

新しい夏がやってくる
そして新しいいろいろのことを僕は知ってゆく
美しいこと　みにくいこと　僕を元気づけてくれるようなこと　僕をかなしくするような
　こと
そして僕は質問する
いったい何だろう
いったい何故だろう
いったいどうするべきなのだろうと

ネロ
お前は死んだ
誰にも知れないようにひとりで遠くへ行って
お前の声
お前の感触

お前の気持までもが
今はっきりと僕の前によみがえる

しかしネロ
もうじき又夏がやってくる
新しい無限に広い夏がやってくる
そして
僕はやっぱり歩いてゆくだろう
新しい夏をむかえ　秋をむかえ　冬をむかえ
春をむかえ　更に新しい夏を期待して
すべての新しいことを知るために
そして
すべての僕の質問に自ら答えるために

Aの作者は小学校一年生（『詩のランドセル』・らくだ出版より）。ぽちとわたしの間には何の隔たりもありません。同じ仲間同士です。それを何の技巧も用いずに素直に描いており好感がもてる作品です。

Bの作者まど・みちおは「ぞうさん」「一年生になったら」などの童謡でもお馴染みの少年詩・童謡詩人です。二〇一四年（平成二十六年）に一〇四歳で亡くなりましたが、これまでに書かれた作品はおよそ二〇〇〇篇といわれています。

「イヌが歩く」にあるように、どの足の次にどの足が動くのかという疑問は子どもの時にするものであって、大人になると多くの人は現実の生活に重きをおいてしまいます。子どもの時、不思議に思ったこと疑問に思ったことをすっかり忘れてしまって。でも、大人になっても子どもの心を忘れずにいる数少ない人たちがいます。その人たちが少年詩人といえましょう。鈴をむすんだらわかるかな、の発想も素晴らしい。鈴の音を「ちりん／ころん／からん／ぽろん」と表す技法（擬音語）も効果的です。

Cの谷川俊太郎は今、一番活躍している現代詩人です。「ネロ」は一九五〇年に書かれたものですが時代を経ても少しも色あせていません。作品は「愛された小さな犬に」と副題にあるように、死んだ小犬ネロに呼びかけるかたちで十八歳の青年が自らの生を問うています。死んだ犬に対する感傷性をさけ、「すべての新しいことを知るために」「すべての僕の質問に自ら答えるために」と向日的に詩を結んでいるところにこの詩のよさがあります。「ネロ」は少年詩に近い作品ですが読者は高校生以上でしょう。その意味で現代詩といえます。

以上、「木」と「犬」をテーマにした詩の例で児童詩、少年詩、現代詩の特徴や違いがわかったと思います。

Ⅱ章　詩の表現技法

詩は言葉の持つ機能を最大限に利用した文学です。短い言葉で、いかに自分の思いを読み手に伝えるか。そのために様々な言葉の技法を使います。それらのうち大切なものをいくつか紹介しましょう。

1 比喩《ひゆ》

比喩とは「たとえ」のことです。「喩」は口偏《へん》に兪と書きます。漢字の旁《つくり》の下は、月＋巜と書き、月＋刂ではありませんので注意してください。この比喩はさらに次の三つに分類されます。

A 直喩《ちょくゆ》（明喩《めいゆ》とも。英語で、シミリー）「～のような」「～のごとし」を用いた表現方法。

土　　三好達治

蟻《あり》が
蝶の羽をひいて行く
ああ
ヨットのようだ

蟻が死んだ蝶を引いていく。羽がヨットの帆のように見えたのでしょう。それを詩人は「ヨットのようだ」と直喩で表現しました。目の前にヨットの白い帆が鮮明に浮かんできたと思います。

B 隠喩《いんゆ》（暗喩《あんゆ》とも。英語で、メタファー）「～のような」「～のごとし」を用いないでたとえる表現方法。

耳　　ジャン・コクトー

私の耳は貝のから
海の響《ひびき》をなつかしむ

（堀口大学・訳）

ジャン・コクトーはフランスの詩人です。耳の形を「貝のから」と隠喩を用いています。「貝のからのようだ」という方が正確だといえますが、「貝のから」と言い切ることで印象がより強調されます。「耳」→「貝」→「海」→「響」と連想されていき、夏休みに遊んだ海辺の潮《しお》騒《さい》の音がはっきりと聞こえてくるようです。たった二行の詩ですが隠喩を用いることで強く印象に残ります。

C　活喩《かつゆ》（擬人法）　人間以外のものを人間のように扱って表現する方法。一般的には「擬人法」といわれます。「擬」（なぞらえる。それと似せるの意）は手偏に「疑」と書きます。つまり、手でまねて作るが、元々の意味です。

森がじっと息をひそめている

「息をひそめる」は本来、人間に使う言葉です。それを「森」に用いることで、人間のようにじっと息をひそめて辺りをうかがう森の様子が感じられます。

2　倒置法

言葉の順序を逆にして印象を強める方法。

鳥が飛んでいく
西の空に向かって

「西の空に向かって／鳥が飛んでいく」は普通の言い方。強調したいことを先に言うと倒置法になります。「そこに、山がある。」を「山がある、そこに。」などよく使う表現法です。

3　対句《ついく》法

対応（似た語句または反対の語句）する内容を並べる表現方法。口調を整え、説得力を増すための効果があります。ちなみに「対」とは、二つで一組になっているものという意味です。

月は東に
日は西に

月と日、東と西が対になっています。「月は東に、日は西に」と何度も口ずさんでみましょう。「七音＋五音」で、すらすらと流れるように言えます。これが口調が整うということなのです。松尾芭蕉《ばしょう》の紀行文『奥の細道』の書き出し、「月日は百代《はくたい》の過客《かかく》にして、行きかう年もまた旅人なり。～」や鴨長明《かものちょうめい》の随筆『方丈記』、「ゆく河の流れは絶えずして、しかももとの水にあらず。よどみに浮かぶうたかたは、かつ消え、かつ結びて～」などにも対句はよく使われていますね。

4 反復法（リフレイン）

繰り返して意味を強める表現方法。詩は省略の文学といってもいいたいことを強調するためには同じ語句を繰り返すことがあります。

この遠い道程のため
この遠い道程のため

高村光太郎の作品「道程」の最終部二行です。最後に「この遠い道程のため」を繰り返すことで、詩人の思いがそこに強調されていることがよくわかります。

5 声喩《せいゆ》（擬声（音）語。擬態語）

声や音をまねた方法を「擬声（音）語」、身振りや状態をまねた方法を「擬態語」といいます。二つをまとめて、フランス語の「オノマトペ」という言葉でよく使われます。

A 擬声語（擬音語） 声や音をまねた方法。

猫

萩原朔太郎

まっくろけの猫が二疋《ひき》、
なやましいよるの屋根のうえで、
ぴんとたてた尻尾のさきから、
糸のようなみかづきがかすんでいる。
『おわあ、こんばんは』
『おわあ、こんばんは』
『おぎゃあ、おぎゃあ、おぎゃあ』
『おわああ、ここの家の主人は病気です』

春のうた

草野心平

かえるは冬のあいだは土の中にいて春になると地上に出てきます。
そのはじめての日のうた。

ほっ　まぶしいな。
ほっ　うれしいな。

みずは　つるつる。
かぜは　そよそよ。
ケルルン　クック。
ああいいにおいだ。
ケルルン　クック。

ほっ　いぬのふぐりがさいている。
ほっ　おおきなくもがうごいてくる。

ケルルン　クック。
ケルルン　クック。

B　**擬態語**　身振りや状態をまねた方法。

生まれる　　　高橋忠治

ずいっ　ずいっ　ずずずずっ
ちょん！
ぷりっ　ぷりっ　ぷりぷりっ
ぷっくん！
ごぼっ　ごほっ　ごぼごぼっ
とん！
るいっ　るいっ　るるるるっ
ぽん！

Ａの詩で萩原朔太郎は、「おわあ」「おぎゃあ」「おわああ」と猫に鳴かせています。また草野心平の詩では、冬眠から覚めたかえるが春の光景を目にして「ケルルン　クック」と喜びを声にします。猫がにゃーにゃーなく、犬がわんわんなく、も擬声語ですが詩とはいえません。萩原朔太郎や草野心平のように詩人独自の言葉で伝えなくては詩になりません。

Ｂの高橋忠治「生まれる」のように、生命の誕生をこのように擬態語で表すことで、読み手の想像の世界は限りなく広がっていきます。また声に出して読むことによって、言葉の持つリズムの面白さを味わうことができるのです。

今まで述べてきた様々な技法を少年詩を引用してまとめてみましょう。

かぼちゃのつるが

原田直友

かぼちゃのつるが
はい上がり
はい上がり
葉をひろげ
葉をひろげ
はい上がり
葉をひろげ
細い先は
竹をしっかりにぎって
屋根の上に
はい上がり
短くなった竹の上に
はい上がり
小さなその先たんは

いっせいに
赤子のような手を開いて
ああ　今
空をつかもうとしている

原田直友は代表的な少年詩人のひとりで、その磨かれた言葉には定評があります。『スイッチョの歌』『虹――村の風景――』『はじめてことりがとんだとき』など少年詩集だけでも十冊をこえています。

作品「かぼちゃのつるが」は、まず題名が「かぼちゃのつる」と名詞ではなく「かぼちゃのつるが」と主体を表す格助詞「が」が書かれているところに気づいてほしい。たった一字ですが、「が」があることで読み手にかぼちゃのつるの動作・動きまでを感じさせる効果をもっているのです。

次に表現技法はどうでしょう。「はい上がり」「葉をひろげ」が反復法（リフレイン）、そして漸層法《ぜんそうほう》（つながりのある語句を重ねて文意を強めていく方法）にもなっています。「竹をしっかりにぎって」「空をつかもうとしている」は擬人法。また「赤子のような手を開いて」には直喩が使われています。そのほかにも、リズムも五音・七音を基調にしていますのでとても読みやすい。（このリズムについてはとても大切なことなので別の章で触れたいと思います。）

いかがですか。優れた作品の多くは、様々な表現技法を用いながら成り立っていることがおわかりになったと思います。

Ⅲ章　少年詩を読む

これまで詩の定義、少年詩とは何か、詩の技法について述べてきました。基礎的な個所はおさえたと思いますので、これからは少年詩をいくつかのテーマにそって読んでいきましょう。

1 事物詩

事物詩とは事物（人間以外のすべてのことがらを指す）を対象によんだ詩のことを言います。動植物なども含みますので少年詩の多くはこの事物詩といってもよいでしょう。

事物詩といえばフランスの詩人、ジュール・ルナールの『博物誌』が有名です。わが国の少年詩や現代詩もその影響を強く受けていると思われるのでここで簡単に紹介しておきましょう。岩波文庫版の『博物誌』（辻《つじ》　昶《とおる》訳・一九九八年）には八十四篇の作品がロートレックの挿絵とともに収録されています。その観察眼の鋭さ、的確な表現、比喩の見事さなど読み手を決して飽きさせません。描く対象は、家畜、鳥、昆虫、魚、植物など大自然の中の生き物たちです。

　　　　あり

どれもこれも、3という数字に似ている。
そして、いること！　いること！
3333333333……四、無限な数まで。

ちょう

このふたつ折りのラブレターは、花の所番地をさがしている。

へび

長すぎる。

このように擬人法や機知に富んだ短詩は誰もが一度は読んだことがあるでしょう。ルナールや彼と同時代を生きたフランシス・ジャム（フランス）も、わが国の近代詩・現代詩に大きな影響を与えたことは既に知られているところです。例えば、ジャムの『四行詩集』と三好達治の『南窗集《なんそうしゅう》』『閒花集《かんかしゅう》』『山果集』に共通の視線を感じます。

鶺鴒《せきれい》　　ジャム

急ぎ足で走っては、つと立ちどまる。

尻尾を振り子のように振って均衡《きんこう》をとる。
しばらく飛びまわって、おり立ち、
再びその足の数をふやす。

（ジャム『四行詩集』手塚伸一・訳〈『フランシス・ジャム詩集』岩波文庫・二〇一二年〉より）

鶺鴒《せきれい》　　三好達治

黄葉して　日に日に山が明るくなる
谿川《たにがわ》は　それだけ緑《みど》りを押し流す
白いひと組　黄色いひと組　鶺鴒が私に告げる
「この川の石がみんなまるいのは　わたしの尻尾で敲《たた》いたからよ」

（三好達治『南窗集』より）

ジャムの作品は観察に基調をおき、対象をありのままに描いています。一方、三好達治の作品は観察に主眼をおきながらも表現上に様々な工夫がなされウイットに富んだものとなっています。しかし、ともに四行詩で明るく澄みわたった情景は共通のものです。

このように、わが国の近代詩・現代詩がルナールやジャムの影響を受けているということが理解できたと思います。

少年詩の分野に話を戻しましょう。少年詩では、I章で触れた、まど・みちおの事物詩が質量ともに抜きんでています。一九九二年に刊行された『まど・みちお全詩集』（理論社）及び二〇一五年刊行の『続まど・みちお全詩集』（同）により、その全貌を知ることができるでしょう。まど・みちおは、植物、動物、物、言葉、宇宙などあらゆるものに目を向け、時には哲学的に、時には遠近法の眼差しで、そして時にはユーモアをこめて作品に紡ぎあげています。

つぼ・I　　　　まど・みちお

つぼを　見ていると
しらぬまに
つぼの　ぶんまで
いきを　している

たった四行で「つぼ」に生命を与えています。つぼをじっと凝視するうちに、「しらぬまに」つぼと自分とが一体となり、対象物との境界がなくなります。そして、そこに広大な宇宙をも感じることができます。まど・みちおは「どんな小さなものでもみつめていると、宇宙につながっている。」（『詩人まど・みちお100歳の言葉　どんな小さなものでもみつめていると宇宙につながっている』新潮社・二〇一〇年）といい、また「どんな所にもクエスチョンマーク、ふしぎなことはどこにもあります。この世の中に生きとると詩にしたいと思う材料はいつでも新しく見つかるものなんです」（NHK特集『まど・みちお百歳の詩』）と語っています。

まど・みちおの事物をテーマにした作品をもう一篇紹介しましょう。

つけものの　おもし　　まど・みちお

つけものの　おもしは
あれは　なに　してるんだ

あそんでるようで
はたらいてるようで

おこってるようで
わらってるようで

すわってるようで
ねころんでるようで
ねぼけてるようで
りきんでるようで

こっちむきのようで
あっちむきのようで

おじいのようで
おばあのようで

つけものの　おもしは
あれは　なんだ

詩人まど・みちおは「つけものの　おもし」を見て「あれは　なに　してるんだ」と考えま

す。「あそんでるようで」「はたらいてるようで」と二連から六連（連《れん》とは一つのまとまりのこと。小説では段落という）まで対句にしながら漬物石の実体をいろいろと想像していきます。あそんでいるようで（あそんでいない）、はたらいているようで（はたらいていない）……と想像していき最終連で「あれは　なんだ」と疑問の形で終わります。そこにこの詩の深みがあるのです。私たちの生きるこの世界は広大な宇宙の一部ですから、どう見ても、どう考えてもわからないものがあるのです。すべて答えがあるものではありません。繰り返し読むことで、読み手は「つけものの　おもし」の中に深い宇宙を感じとることができるでしょう。

ひるね　　間中ケイ子

ムクゲの木の下で
夢をみる
母猫に
だかれているように
まあるく
じぶんを
だきしめている

夏の庭ももいろの舌のぞかせて

作品「ひるね」は、夏の午後、ムクゲの木の下で昼寝をする子猫の姿が「夏の庭ももいろの舌のぞかせて」と俳句を置くことによって、より鮮明に浮かびあがってきます。「まあるく」の語感、ひらがな表記の柔らかさ、「ももいろ」の舌の色彩の明るさ――。題名と詩と俳句が見事に調和し互いの世界を広げあっていることに気づかされます。まさに新しい事物詩の出現といえましょう。

この作品が収録されている間中ケイ子の第三詩集『猫町五十四番地』（てらいんく）は、猫を中心に日本の四季が描かれています。多くが詩の中に俳句を配すという全く新しい形式を用いて独自の詩の世界を醸し出しており、少年詩の分野に新風を感じさせてくれた貴重な一冊といってもよいでしょう。収録された六十六篇は軽妙洒脱な短詩であり、読んでいて実に楽しい。「どこか遠くへ行きたい／夕暮れの町を／たった／一本の骨になって／歩きたい」（「卒業」）の孤独感やときには詩の中の猫と作者とが重なりあって見えてくる場面もあり、そこにまた魅力を感じます。

カネタタキ　　　　　はたちよしこ

闇に
穴をあけてしまった
あっちにも　こっちにも

そこから　少しずつ
秋がしみ込んでくる

同人誌「小さな詩集」（3号・小さな詩集の会）より引きました。「カネタタキ」は、まず発想の面白さがあげられます。次に無駄な表現が一つもありません。そして、「カネタタキ」とカタカナ表記することで、闇に穴を開ける「カネタタキ」の澄んだ金属音が聞こえてくるようです。開けられた小さな穴から冷え冷えとしみ込む秋の気配が見事に表現された作品といえましょう。同じ作者の「レモン」も紹介します。

レモン　　　　　はたちよしこ

レモンは
遠くへ　行きたいのです
うすく切れば
それがわかります
うすく切れば
いくつもの　車輪
いい香りをふりまいて
車輪　車輪　車輪
レモンは
遠くへ　行きたいのです

のびやかな広がりと可能性を感じさせてくれる作品です。うすく切られたレモンから「車輪」のイメージが浮かんできます。自転車や自動車のものではなく馬車の車輪のように私には思えます。それにしても音の響きの心地よさ。「シャリン」と、ここではカタカナ表記の文字にして読んでみたいところです。「シャリン　シャリン　シャリン」とすずやかな音を響かせ、甘酸っぱい香りをふりまいて車輪は遠く銀河にまで向かっていくように感じられます。紡錘形《ぼうすい》の果実を外側から客観的に見てレモンの新しい世界を見出した一篇といえましょう。

「レモン」は詩集『レモンの車輪』（教育出版センター）に所収。一行詩「まっすぐな一本の決心」（『白葱《しろねぎ》』）など洗練された言葉で綴られた作品が多くあります。

かなぶん　　　　清水ひさし

おれはいやだね
一生　かぶとをかぶり
かたときも　槍や刀
手放さないくらしなんて

はさみ
のこぎり
毒の牙

そんな武器
おれはいらないね

くぬぎの森の　えさ場で
そこをどけとおどされても
ぐずぐずそこをのかず
くさいねと　はねとばされても
仲間のかなぶんたちと
なんどでも
えさ場におしかけていくんだ

へこたれないって
心を強くしていけば
あとはいらないね

何と力強い作品でしょう。はさみ、のこぎり、毒の牙など何の武器も持たず、脅され跳ね飛ばされてもくじけず生きている「かなぶん」。その生き方に勇気をもらう読者もいるでしょう。

「へこたれないって／心を強くしていけば／あとはいらないね」。今を生きる子どもたちに聞かせたい言葉です。

詩集『かなぶん』（四季の森社）には八十三篇の詩が収録されています。ことば遊び、少年詩、現代詩と多岐《たき》にわたり、どれも読み手を詩の世界に引き込む言葉の力があります。子どもたちは、生きる喜び、生きる輝き、生きることの素晴らしさを感じとるでしょう。

アシナガバチ　　杉本深由起

閉まった窓ガラスに
体当たりをくりかえしているが
精魂つき果てる前に

ほんの少しだけ
よそ見する余裕があれば――

大きく開いている片側の窓
空は　そこまで来ているよ

杉本深由起には『漢字のかんじ』（銀の鈴社）、『ひかりあつめて』（小学館）などの詩集があります。「アシナガバチ」は、いじめをテーマに描いた詩集『ひかりあつめて』の中の一篇です。全三十八篇、いじめを扱いながらもどこかに明るさ、救いがあり、読み手に勇気を与えてくれる詩集といえます。この作品に描かれた窓ガラスに体当たりする「アシナガバチ」はいじめられている子のことです。最終連のその子に寄り添うようにやさしく投げかける言葉、「大きく開いている片側の窓／空は　そこまで来ているよ」にほっとさせられます。視点を変えてごらん。救いの手はあなたのすぐ目の前にあるよといっているようです。さらにまた「アシナガバチ」の行動は、閉塞《へいそく》感漂う現代に暮らす私たちの生き方と重ねあわせて読むこともできます。「ほんの少しだけ／よそ見する余裕があれば――」。私たちも、いま、ほんの少しだけ心の「余裕」が必要なのかもしれませんね。

皿　　江口あけみ

指からすべりおち
鋭どい破片になった皿よ

お前は
歓喜の声をあげたのか

洗剤でみがきあげているとき
ツルリとすべりおち
私の指からのがれようとしたことも
一度や二度ではない

魚や野菜を盛りつけるとき
藤色をしたお前のもようが
不満げに青く光るのを見たこともある

鋭どい破片になって
私を見上げる皿よ

ずっしりとしたその重さのぶんだけ
ことばは　あったのだ

さけびはあったのだ

作者の江口あけみは『街かど』『ひみつきち』『さよなら咲かせて』『角円線辺曲』『風の匂い』などの詩集を刊行し、テーマは人生詩（出会いと別れ）・生活詩・動物詩・事物詩など多岐にわたっています。「皿」は高学年向けの「事物詩」ですが、単なる事物詩ではありません。指からすべりおち、鋭い破片になった皿が「歓喜の声」をあげ、また魚や野菜の盛りつけさえ皿は「不満げに」青く光るのです。皿は、人やものとの関係を、なぜ徹底して拒絶するのでしょうか。そこにこの詩人の深い思いがあるのです。先ほども触れましたが江口あけみの詩を読んでいくと、詩の大きなテーマは「出会い」と「別れ」であることがわかります。詩人と皿の関係も人と人とのその関係であるように見えます。皿の「ことば」と「さけび」は皿が破片になることで初めて聞くことができたのです。私は、作品「皿」から詩人のずっしりと重い心の叫びを聞きます。

「皿」は『江口あけみ詩集』（てらいんく）より引きました。

きりん　　日野生三

たしか

帽子屋さんのある横丁をぬけ
ポストをめじるしに　かどをまがる
そのまま　坂道をまっすぐに
それからっと……

もう　アカシアの花がちりかかる草原に
かえりつくことは　できないだろう
からだにしるしておいた地図は
迷路のように　すっかり
いりくんでしまって

きりんの体にある茶色の模様は道のようにみえます。つながった一本の道のようですが、途中で曲がっていたり、消えていたりしています。まるで迷路のようです。道には帽子屋さんのある横丁があり、目印のポストや角、坂道もあります。「たしか」と記憶をたどりながらその道を歩いていきます。歩いていくのは誰でしょう。人間でしょうか。帽子屋、ポストなどの語句からそう思う人もいるでしょう。でも、目的地に向かって歩いているのは「きりん」です。自らの体に描かれた道を歩いているのです。目指す先は、アカシアの花が散りかかる草原。きりんが生まれたところです。しかし草原には帰り着くことができません。「からだにしるしておいた地図は／迷路のように　すっかり／いりくんでしまって」いるからです。これは私たちの人生のようにも思えます。私たちも生まれて以後、地図のない道を迷いながら、つまずきながら歩いていくのですね。時には自分探しをしながら――。「きりん」という題名が、この詩を読むうえで大切な役割をもっています。
「きりん」が所収されている詩集『雲のスフィンクス』（教育出版センター）には、ほかにも「ぞう」「だちょう」「らくだ」などの動物が詩人独自のとらえ方で描かれています。

ねこゼンマイ　　　　武鹿悦子

ねこを　だきあげると
ねこゼンマイが
ゆゆ――ん
ゆゆ――んと　のびて
ねこ　ぶらさがる

きりなくのびたら　どうしよう！

きゃッ
と　はなせば
ねこ　ゆかのうえ
　わ——ご
もう　かくれてみえない
ねこゼンマイ

詩集『ねこぜんまい』（かど創房）から引きました。この作品からは、ねこをゼンマイと見立てる発想の柔らかさ、素晴らしさを感じます。また、詩集の題名は『ねこぜんまい』ですが、作品は「ねこゼンマイ」とカタカナで表記し重層的な広がりをもたせています。「ゆゆ——ん」のオノマトペは独特（これは擬態語）。ねこの伸びる様をこれほど的確に表現した作品はほかにはないでしょう。「わ——ご」もオノマトペですが、こちらは擬声語。「きりなくのびたら」、「もう　かくれてみえない」の言葉が、ねこの不思議な存在や敏捷《びんしょう》性を表しているように思えます。

詩集『ねこぜんまい』は、春、夏、秋、冬の四つの章にそれぞれ一〇篇ずつが収められており、どの作品も詩人の柔らかな感性を十分に思わせてくれます。ほかにも『星』（岩崎書店）などの詩集があります。

2　ことば遊び、ユーモア・ナンセンス詩

ことば遊びとは、ことばのもつ音の響きやリズムを楽しんだり、同音異義語を連想する面白さやおかしさを楽しむ遊びのことです。多くの詩人が書いていますが、代表的な詩人は谷川俊太郎でしょう。

ののはな　　　　谷川俊太郎

はなののののはな
はなのななあに
なずななのはな
なもないのばな

ここで、詩の大事な要素であるリズムについて整理しておきます。リズムとは韻律《いんりつ》（音楽的な調子）のこと。音の長短や強弱の組み合わせが一定の間隔で交互に繰り返されることです。短歌・俳句は五・七・五などの音数律《おんすうりつ》が命であるように、詩にとっても五音・七音がリズムのも

とになります。

「ののはな」は二〜四行が七音でできています。また「は」「な」音の繰り返しが一定のリズムを生んでいます。さらに一・二行は「は」、三・四行は「な」から始まり（頭韻《とういん》という）、一・三・四行の終わりは「な」で統一（脚韻《きゃくいん》という）し、リズムや音の響きに工夫をしています。（韻については、石津ちひろ「あした」で詳しく説明。）

「ののはな」は『ことばあそびうた』（福音館書店）に所収。谷川俊太郎の同じ本の中にある次の「いるか」「さる」「かっぱ」もリズムを大切にしながら繰り返し読んでみてください。

いるか

いるかいるか
いないかいるか
いないいないいるか
いつならいるか
よるならいるか
またきてみるか

いるかいないか
いないかいるか
いるいるいるか
いっぱいいるか
ねているいるか
ゆめみているか

さる

さるさらう
さるさらさらう
さるざるさらう
さるささらさらう
さるさらささらう
さらざるささらさらささらって
さるさらりさる
さるさらば

かっぱ

かっぱかっぱらった
かっぱらっぱかっぱらった
とってちってた

かっぱなっぱかった
かっぱなっぱいっぱかった
かってきってくった

あした

石津ちひろ

あしたのあたしは
あたらしいあたし
あたしらしいあたし

あたしのあしたは
あたらしいあした
あたしらしいあした

「あした」「あたし」というように一つの言葉の文字を並び替えて別の言葉にする遊びを「アナグラム」といいます。また各行の頭を同じ音（作品「あした」は「あ」）でならべる方法を「頭韻《とういん》」といいます。（韻とは、響きのこと。同じ音で始まったり終わったりすることを「韻を踏む」という。各行の終わりを同じ音にならべることを脚韻《きゃくいん》という。）この詩の優れているところは、「あたらしい」「あたしらしい」など、並び替えた短い言葉の中にも大切な内容が含まれているということです。ことば遊びは、言葉の感覚を磨き、発想を豊かにするためにはもってこいといえるでしょう。

「あした」が収録されている『あしたのあたしはあたらしいあたし』（理論社）を読むと、いままで自分の思いつかなかった新たな発見や発想がつぎつぎと浮かんできます。

次は、あそびうたを読んでみましょう。

お経

阪田寛夫

電車馬車自動車《でんじゃあばあじゃあじいどうじゃあ》
人力車力自転車《じんりきしゃありきじいてんしゃあ》
交通地獄通勤者《こうつうじいごくつうきんしゃあ》
受験地獄中高生《じゅうけんじいごくちゅうこうせえ》
合唱練習土曜日《がっしょうれんしゅうどうようびい》
空腹帰宅晩御飯《くうふくきいたくばんごうはあん》

まず「お経」を読むように朗読してみましょう。「お経」ですから一文字を二音ずつ、リズミカルに読む必要があります。例えば、「自転車」の「自」は「じい」と二文字で、「車」は「しゃあ」とありますから短めに読むのです。次に、この作品は全て漢字で書かれています。一行七文字で六行。この形は中国の漢詩、七言古詩《しちごんこし》に似ています。また一・二・三行の末尾が「車」「車」「者」と韻を踏んでいます。だから響きがいいのでしょうね。詩の内容は「交通地獄」「受験地獄」と今の世相を読みながらも最後で「空腹帰宅晩御飯」と結んでいます。そこにユーモラスなおかしみを感じます。

「お経」は『夕方のにおい』（教育出版センター）から引きました。「あそびうた」の章にはほかに「ともだち讃歌」「ななくさ」「年めぐり」など十一篇が収められています。
今度はユーモア詩・ナンセンス詩をみていきましょう。

おならうた　　谷川俊太郎

いもくって　ぶ
くりくって　ぼ
すかして　へ
ごめんよ　ば

おふろで　ぽ
こっそり　す
あわてて　ぷ
ふたりで　ぴょ

『わらべうた』（集英社・一九八一年）より引きました。おならをユーモラスにうたっています。
一つひとつの擬音が面白いですね。一連はバ行、二連はパ行の音が中心。五音のリズムが詩をうたいやすくしています。
ほかにもおならをテーマにした詩は多く、まど・みちお「おならは　えらい」、桜井信夫「おならぷうっ」などがあります。それぞれの詩集で読んでみてください。

しんぱいのたね　　　岩佐敏子

家族ひとりひとりがふらふらしています
あかちゃんが熱をだしました
おばあちゃんがボケてきました
おにいちゃんがサッカーの試合でけがをしました
おとうとはいつも0点ばかりとってきます
おねえちゃんはおしゃればっかりしてお金をつかいます
いもうとはおしゃべりばかりしておかあさんのいうことをききません
おとうさんは会社がつぶれて家でぶらぶらしています
ねこのミーはいつもおとなりの庭でおしっこをします
おかあさんが風邪をこじらせて寝こんでしまいました

家にはしんぱいの種が
いっぱい　まいてある

しんぱいの種が
芽をださないように
わたしは　しんぱいしています

猫を含めて十人家族をユーモラスに描いています。悩みや心配事はどの家庭にもあり、軽症なもの重症なものそれぞれです。「わたし」は家族一人ひとりのそんな心配事をよく観察しあれこれと対応策を考えます。まるでお母さんのようですね。そしてついに解決策が浮かびました。「しんぱいの種が／芽をださないように／わたしは　しんぱいしています」と。ナンセンス詩の極みといえましょう。

詩集『でたらめらんど』（いしずえ）には「しんぱいのたね」のほかにも家族の日常生活をうたったナンセンス詩がたくさん収められています。

3　自然・季節・風土を描いた詩

詩人の生まれ育った土地や自然・季節を題材にした少年詩も数多くあります。
まず自然を読んだ詩からみていきます。

手紙

鈴木敏史《としちか》

ゆうびんやさんが　こない日でも
あなたに　とどけられる
手紙はあるのです

ゆっくり　過ぎる
雲のかげ
庭にまいおりる
たんぽぽの　わた毛
おなかをすかした
のらねこの声も
ごみ集めをしている人の

ひたいの汗も……

みんな　手紙なのです
読もうとさえすれば

私たちの身の周りにはなんと多くの手紙が届けられているのでしょうか。「雲のかげ」は何を語っているのでしょう。「たんぽぽの　わた毛」は何をささやいているのでしょう。そしてか。それらはすべて自分に届けられた手紙なのです。立ち止まって耳を傾けてみましょう。空「のらねこの声」や「ごみ集めをしている人の／ひたいの汗」に何が綴られているのでしょうを見上げてじっと目を凝らしましょう。きっと何かが聞こえてきます。きっと何かが見えてきます。最終連の「読もうとさえすれば」に込められた作者の思いと着想の新しさを味わいたい一篇です。

「手紙」を含む詩集『星の美しい村』（教育出版センター）には詩人の繊細でやさしい眼差しを感じる作品が多く収められています。

次のような手紙の詩もあります。

ゆうひのてがみ　　　　　　のろ　さかん

ゆうびんやさんが
ゆうひを　せおって
さかみちを　のぼってくる
まるで　きりがみのように
ゆうひを　すこしずつ　ちぎって
「ゆうびん」
ポストに　ほうりこんでいく

ゆうびんやさんが　かえったあと
いえいえのまどに
ぽっと　ひがともる

なんと美しい叙景詩なのでしょう。夕陽が当たり、オレンジ色に輝く郵便を切り紙のようにちぎってとどける郵便屋さん。まるで幻想的な風景ですね。最後の「いえいえのまどに／ぽっと　ひがともる」は手紙の内容がうれしい知らせであることを思わせてくれます。ポスト以外すべてひらがな表記で柔らかな情景を映し出します。繰り返し読み、ここに描かれた幸福感にひたりましょう。

「ゆうひのてがみ」は詩集『おとのかだん』（教育出版センター）に所収。作品の多くは大自然の美しさや草花・昆虫などの生命の輝きを描いています。

水平線　　小泉周二

水平線がある
一直線にある
ゆれているはずなのに
一直線にある

水平線がある
はっきりとある
空とはちがうぞと
はっきりとある

水平線がある
どこまでもある
ほんとうの強さみたいに
どこまでもある

「水平線」を読むと、まず五音・七音を中心としたリズムのよさを感じます。次に、さわやかな自己主張や決意を感じます。「一直線にある」「はっきりとある」「どこまでもある」と二行と四行が同じ言葉で繰り返されることによって強調しているからです。最終連にある「ほんとうの強さ」の意味を多くの子どもたちと味わいたいですね。

「水平線」の含まれた詩集『海』（かど創房）からは、今も少年の頃そのままに海と一緒に人生を走り続けている詩人の姿をうかがい知ることができます。

今度は風土をうたった詩を読みましょう。

鍬《くわ》の正月　　　田代しゅうじ

一月二日
日の出前に鍬をかついだじいさんが

東の田圃《たんぼ》におりる

田圃の真ん中で
たった一鍬　力いっぱいおこす
ひっくりかえった　黒い土に
ゆずり葉が立てられ
塩と米がまかれて
豊年を　満作を　祈って
じいさんの合掌がはじまる

朝日が　じいさんの背中をはじけて
深い祈りがおわる
鍬の正月は
じいさんの仕事はじめ

田代しゅうじは、鹿児島県薩摩川内《せんだい》市出身の詩人です。田平山、西平山、庵《あん》の宇都《うと》山に抱かれるように、ひっそりとたたずんでいる市比野《いちひの》の村。詩人はそこで生まれ幼・少年期を過ごしています。故郷の山々に抱かれると今でもすぐに少年の頃にもどれるといいます。この作品が収められた、詩集『野にある神様』（てらいんく）の中には、薩摩の野づらを駆け回る少年たちがいます。そして神さまがいらっしゃいます。村は一つの家族のようであり、誰もがやさしく、また厳しくもあります。神さまとともに子どもたちが自由に遊び育つ風土は、薩摩という土地の特性によるものなのでしょうか。

「鍬の正月」は、ひっくりかえった黒い土にゆずり葉が立てられ、塩と米がまかれ豊年満作を祈る、今も行われているであろう薩摩地方に伝わる風習を味わい深く描いています。

木の葉　　　小林雅子

さながら　交通標識のように
木の葉は一枚一枚きらめく
それは　海越えて渡って来た
鳥たちへの暗号です
彼らに夏の宿を知らせる

無数の小さな反射鏡です
キラキラ　右へお行きなさい
キラ　　　左へ曲がりなさい

木の葉は一枚一枚きらめく
さながら　交通標識のように

作品「木の葉」は、直喩、隠喩を巧みに使いながら一篇の作品に仕上げています。さながら交通標識のようにきらめく木の葉。それは海を越えて渡って来た鳥たちへの暗号だったり夏の宿を知らせる反射鏡だったりと詩人はたとえます。そこに詩人のやさしい眼差しを感じます。第四連の「キラキラ」「キラ」は詩人独特のリズム感によるもの。「キラ」「キラキラ」と単調に終わらず破調を試みています。これは随筆『枕草子』第一段「春はあけぼの」の秋の描写、「からすの三つ四つ、二つ三つ」のリズミカルな軽妙さを思わせます。「反射鏡」「キラキラ」「きらめく」などの言葉からは夏の輝きも感じられます。そして最後に第一連を繰り返すことによって、一枚一枚きらめく木の葉が眼前に鮮明に浮かびあがってくるのです。

「木の葉」が収録されている小林雅子詩集『青銅の洗面器』（四季の森社）の中には悠久な

時が流れています。とりわけ、何百年もの昔、神のように飾られていた「洗面器」が語る表題作は、真の価値とは何かを私たちに考えさせてくれる作品です。また子どもの頃に出会った光や風をモチーフにした作品も数多く収められています。

ほっかりと　　　　高橋忠治

あたらしい　ゆきで
うちゅうが　こんなに
きよめられてしまうと
あるくのもつらいのです。
こころのうちが
みすかされそうで。

わたしの　むねにも
ふってたもれ
ほっかりと。

「ほっかりと」は、寒さで森閑《しんかん》とした北信濃（長野県北部）の冬を思わせてくれます。音もなく降る雪。純白の雪が宇宙を清め、昨日とは違った新たな世界をほっかりと創り上げていくのです。そんな雪の前で詩人は祈ります。「わたしの　むねにも／ふってたもれ」と。けがれた自身の心を清めたいと願うのです。読み手にも敬虔《けいけん》な思いにさせてくれます。全文のひらがな表記は柔らかな雪の世界を表していると同時に「ほっかりと」のもつ柔らかな語感を見事に表現しています。

高橋忠治は信州の自然と風土に育まれた詩人です。二〇一三年に刊行された『定本　高橋忠治全詩集』（小峰書店）は厳選された一一五篇が収められており、その多くは生命の輝き、生きることの喜び・大切さを描いています。

冬の満月　　　　　　　高木あきこ

真冬の空に
くっきりと　満月
こうこうと光をはなち
きっぱりと　まんまる
ふらふらせず

びくびくせず
どうどうと　まんまる
しんと静まりかえって
あいまいさのない　まんまる
もしも　長く長く手をのばして
あの月に触れることができたなら
きっと　びりっと
凍りついてしまうだろう
レモン色のかがやきが
さーっとからだの中へながれこんでくると
わたしはゆっくり光りだす
そして
つめたい北風にさらされても
背中をまるめず
りんと　まっすぐに立っている
月を見つめ
月に見つめられて　立っている

「冬の満月」を読むと詩人のやさしく温かい慈愛に満ちた目線を感じます。私たちは、生きていくうえで様々なことに出会い、傷つき、心がくじけそうになることが多くあります。人とはもともとそのような存在なのかもしれません。でも、ふと見上げた冬の空にくっきりと輝く満月。寒気の中で、いっそうきっぱりとどうどうと見える。その満月のエネルギーを身体の中に受け入れることで、くじけたわたしは再び輝き出すのです。月を見つめ、月に見つめられ、背中をまるめずにまっすぐ立って生きていけるのです。大自然にまもられている人間の存在を思わせてくれる詩です。

「冬の満月」が所収されている、高木あきこ詩集『どこか　いいところ』(理論社)は、一読して、日本語の美しさ、発想の柔らかさに気づかされます。全五十二篇の作品はすべて言葉のリズムが自在で軽快に読み進めていけます。

4　方言詩

方言詩とは、その土地土地の言葉で書かれた詩のことです。共通語で書かれた詩と違って、その地方の生活や風景をその土地の言葉で表現することによって、その地方独特の豊かで細やかな感情を表すことができるのです。

ねこやなぎ　ほっ！

宇部京子

はるだべが
ふゆだべが
めっこを　だすべが
どうすべが
んだども
どどっと　ゆぎっこ
くんだべが

これんす
そごの　わがいしゅう
ちょこっと　さぎに
めをだして
ぐぐっと　おっきぐ
なれるが　どうが

ぎんのべんべろ　だしてみろや！

〈言葉の解説〉
・はるだべが——はるだろうか
・めっこ——芽
・んだども——そうだけれども
・これんす——これこれ、ねえねえ（呼びかけの言葉）

宇部京子は岩手県の生まれ。その地の方言（東北弁）を用いて書いています。ガ行、ダ行、バ行の濁音が何とも言えない、いい味をだしています。「めっこ」の「こ」は「名詞などについて小さなものの意を表したり、親愛の情を表したりする」と『日本国語大辞典』（小学館）にあります。最後の「ぎんのべんべろ　だしてみろや！」は秀逸。宮沢賢治の短編『おきなぐさ』にも「……わたしどものほうでねこやなぎの花芽をべむべろと云いますが……」と出ています。つまり、「ぎんのべんべろ」とは猫柳の花芽のことなのです。「ぎんのべんべろ」、いい響きですね。ついでにいうと、宮沢賢治も宇部京子と同じ東北地方の岩手県の生まれです。

ここで、この詩を標準語で書いてみます。

はるだろうか
ふゆだろうか
めをだそうか
どうしようか
でも
どどっと　ゆきが
ふるかもしれない

ねえねえ
そこの　わかいしゅう
ちょこっと　さきに
めをだして
ぐぐっと　おおきく
なれるか　どうか
ぎんのべろを　だしてみなよ

標準語にすると、なんとも味のない詩になってしまいます。方言を用いて書いた宇部京子のセンスと方言の響きがこの詩に命を吹き込んでいるということがよくわかったと思います。

詩集『よいお天気の日に』（教育出版センター）には、このような方言で書かれた詩が三十九篇収録されています。声に出して読んでみると面白いですよ。

春はどこから　　江崎マス子

——春はどこからくるかしら
歌声ん聞こえてきます
　　〝春〟んごつ
おんどはわかっとります
　　わかっちょっとです
春は
木ん中から生まれてくっとです
　　くっとじゃち
正月はすんでん《（も）》
外は大寒、小寒……
まぁだ冷《ひえ》ーばってん

木に耳にひっつけたら
木ん中はもう水がシュンシュンち音を立てて
走りまわりよっとです
木ん真中から春は生まれてくっとです!!
ほんきです!!

〈言葉の解説〉
・んごつ——〜みたい、ように
・おんど——わたし
・わかっちょっとです——わかってます
・くっとじゃち——くるんだって
・ばってん——けれども

江崎マス子は長崎県対馬《つしま》地方に在住する詩人です。「春はどこから」は、ぬくもりのある対馬の言葉で綴られています。対馬独特のイントネーションで読むのは少し難しいかもしれませんが文字を追うことで意味はとれると思います。そして読み終えるとその発想の素晴らしさを知ることができます。春は木の中から生まれてくるとは誰も思わないでしょう。「木ん中はもう水がシュンシュンち音を立てて／走りまわりよっとです」は誰も表現したことがありません。そんな対馬地方の春を「ほんきです（ほんとうです）」と結び、ゆるぎないものにしています。「春はどこから」は方言詩集『こうこいも』（らくだ出版）に収められています。「こうこいも」は漢字で「孝行芋」と書き「さつまいも」のこと。江戸時代中期、島ではサツマイモを栽培し、食生活上そのイモに非常に助けられたためといいます。

春だもんな　　　　高野つる

土の中から
地べた　どっついているのは
だれだっぺな
それは　わらびの　げんこつだがな
だって　春だもんな

かれ草の中さ
青空ばきざんで　ぶんまいたのは
だれだっぺな

それは　山のすみれだがな
だって　春だもんな

木の上からぷっと笑いだしたのは
だれだっぺな
それは　今までこらえていた
桃のつぼみだがな
だって　春だもんな

てっちゃんとこの　かきねに
手ぶくろ　わすれたの
だれだっぺな
それは　となりの大ちゃんだがな
だって　春だもんな

〈言葉の解説〉
・だっぺな――だろうか

高野つるは千葉県生まれで農業をするかたわら作品を発表しています。「春だもんな」は「地べた」「どっつく」「ぶんまく」などの力強い方言を用いながら春の到来の喜びをうたいあげています。一見荒削りのような作品に思えますが、そうではなく工夫のあとが随所にみられます。まず第一連から第三連まで春の植物をおき、「げんこつ」「青空ばきざんで」「ぷっと笑いだす」と比喩を巧みに用いて春の喜びを描いていきます。最終連では視点を変え、置き忘れた「てぶくろ」を登場させて子どもたちの喜ぶ姿を思わせてくれるのです。それにしても、「だって　春だもんな」という言葉の力強さはありませんね。この一言でなんでも納得させられてしまいます。方言の力のすごさです。

「春だもんな」を収めた『足んこの歌（あしょんこのうた）』（らくだ出版）からは農村で懸命に生きる人間の息づかいが聞こえてきます。

海とおれ　　　　小泉周二

ずうっと前は海っちゃ好きだなかった
せめてくるみてえで
ちゃぶされそうで

おっかなくなって逃げてきた
それがこのごろ
なんにもやっことがねえ日曜日なんかに
なんだか知んねけど浜まで駆けてっちまあ
そんで海見っと
すげえなあと思って
カミサマってさけんちまあ
そんでおいのりのかわりにさか立ちして
砂の上歩ってこわくなってぱたりたおれっと
もう死んでもいいみてえな気がして
ずうっとそうやって波の音聞いてる

〈言葉の解説〉
・ちゃぶされ――つぶされ
・なんにもやっことがねえ――なんにもやることがない
・駆けてっちまあ――駆けていってしまう
・さけんちまあ――叫んでしまう

詩人は茨城県那珂湊市《なかみなと》（現・ひたちなか市）に生まれ育っています。「海っちゃ好きだなかった」と言っていた少年が、いつの間にか海の底知れないものにひかれ始める様子を素朴に、そして微妙に表現しています。「もう死んでもいい」みたいな気になる海の存在の大きさと不思議な魅力。方言の持つ味わいが一層この詩を引き立てているのです。「海とおれ」は詩集『海』（かど創房）に所収されています。

しもうていかれましたけ　　　　山本なおこ

しもうていかれましたけ
しもうていかれました

おばあちゃんが死んだ
おばあちゃんの年に似た村の人たちが
つぎつぎにおとむらいにやってくる

しもうていかれましたけ

しもうていかれました

かあさんがひとりひとりにこたえている

かなかなが
思いだしたようにするどく鳴く
かんぴょうの花が白い

しもうていかれましたけ
しもうていかれました

〈言葉の解説〉
・しもうていかれましたけ――あの世にいかれましたかの意

山本なおこは富山県生まれの詩人です。つぎつぎにとむらいにやってくる村の人たちとかあさんの会話が富山地方の方言によって語られています。村の人たちの「しもうていかれましたけ」の呼びかけには死者を惜しみ家族を案じるやさしさが感じられます。かあさんの「しもうていかれました」の答えにはとむらってくれた村人たちへの感謝と死者に対する深い哀悼の意を感じます。その土地で生まれ、その土地で繰り返し使われてきたであろう言葉「しもうていかれました」に込められた思いを味わいたいものです。後半思いだしたように鳴く「かなかな」のするどい鳴き声や「かんぴょう」の白い花は悲しみを一層際立たせています。

この作品は詩集『ねーからはーからごんぼのはしまで』（らくだ出版）に収められています。ちなみに「ねーからはーからごんぼのはしまで」は「洗いざらい」という意味の方言です。

5　幼年期・少年少女期を描いた詩

作者の幼年期、少年・少女期をふり返り、それを作品にしたものもたくさん書かれています。ただし、「少年詩」の場合、自らの子ども時代を、ただノスタルジックに描くのではなく、読み手である今を生きる子どもたちの共感を得る作品にしなくてはなりません。そこが「少年詩」の難しいところなのです。子どもと同じ目線でものを見、磨かれた言葉で表現すること。これは大人に向けて書いた「現代詩」より難しい。そう思っている少年詩人はかなり多いと思います。

まず少女期を描いた作品から見ていきましょう。

はっぱとおとうと

いとうゆうこ

あめに
かぜに
ひかりに
さわってよと
はっぱはみどりのてのひらを
ちからいっぱい
さしだしています

おとうとには
そんなはっぱのこえが
きこえるらしいんです

あめでも
かぜでも
ひかりでもないのに

おとうとは

そとにでるとすぐ

はっぱにさわりたがるんです

詩人の柔らかな感性が感じられる作品です。第一連、二連で雨に、風に、光に「さわってよ」という葉っぱの声を弟は聞こえるらしいと想像しますが、私たちも子どもの頃、昆虫と遊んだり草花と話をしたことがあったと思います。そんなことはないと思っている方もいるかもしれません。でも、大人になった今、それをすっかり忘れてしまっているだけなのです。改めて子どもたちをよく観察してみてください。きっとそんな場面を見ることができるでしょう。そして自らの子ども時代を再度思い起こしてみましょう。葉っぱのささやきを聞き、葉っぱにさわりたがる弟。そんな弟をやさしく見守る姉。ほほえましい姉弟の姿が浮かびあがってきます。詩人は、幼い日の出来事を大人になった今、一篇の詩に紡ぎだし、私たちの前に鮮やかに提示してくれています。

「はっぱとおとうと」が収録されている詩集『おひさまのパレット』（てらいんく）には、ほかにも「おとうとをまもりたい」、「地球の中に住んでいた」など幼年期、少女期を描いた作品が三十七篇収められています。その、みずみずしい詩篇は少年詩の本流といってもよいでしょう。

やぶ蚊

檜きみこ

夏の夕方
お寺の庭であそぶと
みんなかならず
やぶ蚊にさされた

なのに
お寺のゆみちゃんだけは
ひとつもさされなかった
お父さんのおじゅっさんも
お母さんもゆみちゃんの兄弟も
ぜんぜんさされないという

どうしてなのか
おじゅっさんにきいても
わらっているだけだった

幽霊を見たことあるかときいたときには
「ほら　まあ
　お寺やけんなあ」
と　言った

やっぱり
お寺だからなのかなあ

「やぶ蚊」は大人の目線ではなく、子ども目線そのもので書かれています。詩人の子ども時代を描いたものですが、今の子どもたちが読んでも共感できるでしょう。夏の夕暮れ、お寺に住む、ゆみちゃん家族だけが蚊に刺されない。なぜなのか、どうしてなのか。さらに住職のおじゅっさんは幽霊を見たことがある、といいます。「お寺やけんなあ」の言葉が妙にリアリティをもって響いてきます。それを受けて「やっぱり／お寺だからなのかなあ」という結論付けは子どもそのものです。

『クケンナガヤ』（私家版）は文庫版の大きさの詩集に「やぶ蚊」のほか二十五篇が収められています。「クケンナガヤ」とは「九軒長屋」のことで、そこに住む人々の生業《なりわい》と人情を細やかに描きだしています。今、失いつつある人と人との温かな結びつきを一冊の中に感じることができるでしょう。

寒の暮　　　　　　　　　　海沼松世

ポプラの木のてっぺんに
うすい陽が　かかると
ぼくたちは
雪あそびを　やめて
走ってかえった

のき下の
つららの中に
町は
もう　とっくに
こおりついている

自作で、「寒の暮」とは、一月下旬の夕方、という意味のことです。私の生まれ育った信州（長野県）北部の冬の光景を描いた作品です。信州の冬はそれはそれは寒くなります。当時、夜の戸外は氷点下十度、日中でさえプラス三〜四度位の気温の中で生活をしていました。唯一の暖房器具は掘りごたつのみ。そのため手足にしもやけがいくつもできていました。そんな厳しい環境の中でも、子どもは遊びを忘れません。学校から帰ると、友達をさそって千曲川《ちくまがわ》の土手でソリやスキー、雪投げをして遊びまくります。でも私たちはポプラの木のてっぺんに日がかかるとすぐに帰る準備を始めます。誰からともなく教えられたルールなのです。冬の午後はあっという間に日が傾くのですから。土手をこえ、畑をこえ、川をこえ、線路をこえ、家につく頃、日は西の山際に沈んでいます。小さな町はもう軒下のつららの中にこおりついているのです。詩集『空の入り口』（らくだ出版）の中の一篇です。

せりふのない木

永窪綾子

学芸会で、一本の木になったことがある。台詞《せりふ》のない、舞台の後ろで両手をあげ、ただ風に吹かれているだけのつまらない役だ……。それを知った母さんは言った。「木になることだって大切なことなのよ」。

次の日から、どうすれば、本物の木になれるだろうかと、けんめいに練習にはげんだ。それ以来、ぼくは木を見るたびに、木々が親しい友のように思えてくるのだ。

ときどき、ふと、ぼくは道ばたで、一本の木になりたくなることがある。ひとり棒立ちになっていると、そよ風が母の手のように、ぼくの頬をふれ、陽の光が背中をあたためる。

そして、ぼくは、ゆっくり、あたりを見わたす。すると、なぜか動かないでじっとつっ立っているだけな

のに、嬉しさが、楽しさがこみあげ
てくるのだ。

いつか、世界で一番はやく、ぼく
のこころの梢《こずえ》のてっぺんを夕日が染
めるだろう。その時、母を添木《そえぎ》にし
て、ぼくは耳にする。「木になること
だって　ほんとうに大切なことなの
よ」と。

「せりふのない木」のような詩の形式を「散文詩」といいます。散文とは小説や評論文のように書いた文章のことです。ちなみに、今まで見てきた詩の形式を「自由詩」といいます。

ここで詩の形式をまとめてみると次のようになります。

A　文語定型詩（文語→昔の言葉。　定型→五音や七音で書いたもの）
B　文語自由詩
C　口語定型詩（口語→今の言葉）

D　口語自由詩
E　散文詩

少年詩は、Dの「口語自由詩」とEの「散文詩」の二つを考えておけばいいでしょう。

では、「せりふのない木」をみていきます。学芸会で僕は一本の木になります。それは台詞のないつまらない役。でも木は与えられたその場で、自分のもっている精一杯の力で深く根をはり、枝を大空に向けて広げています。むろんその場所から動くことができなくとも、口をきくことができなくとも。そんな木は素晴らしい。だから、そんな木になりなさい――。そんな人になりなさい――。それは子どもを励ます母の言葉でありながら、読み手である私たちには戒めの言葉にもきこえてきます。最終連の「いつか、世界で一番はやく、ぼく／のこころの梢のてっぺんを夕日が染／めるだろう。」は、読み手の心をすがすがしい思いにさせてくれる優れた詩行です。自分の身勝手さだけを主張し、相手の立場を理解しようとしない人が多い今の時代にぜひ読んでほしい一篇ですね。

この詩の含まれた『せりふのない木』（らくだ出版）には、ほかにも小動物や事物を素材にした作品が多くあります。

散文詩をもう一篇紹介します。

寒夕焼け

菊永　謙

いつまでたっても　暮れない夕べがある。くわをうちおろしつづけている母に　たずねても　ただ笑っているだけだ。カラスのまう小高い山に　陽は　いつまでも　つりさげられている。

幼いころ　村びとたちが　ひとりの気のふれた少女を　さがしまわったことがあった。山にかくれひそむ少女は　夜ふけになると村の家にやってきて　野菜や着物をぬすんでいくとのことだった。ある夜明け方　村のおとなたちが　総出《そうで》で　近くのぼうくうごうあとや雑木林を　さがしたが　みつからなかった。

しばらくのち　ぼくら子どもたちは、村の男の子みんなで「鬼ぐやい」をした。鬼は　ひとりではなく　中学生をリーダーとした村の半分の子どもだ。一団となって　にげた連中を　どこまでも追いかけ　見つけしだい　ひとりひとりの名前をよび　つかまえる。

夕焼け空の広がる〈かんじん山〉の森のなか　おいつめたぼくらの見たものは　森に逃げかくれたはずの者たちが　青ざめ　ばらばらに出てきたときの　ひきつった表情だった。おんなが出た　というのである。やぶれ着物の少女が　はだか木の間を　よこぎってきえた　というのである。

はだ寒いたそがれどき　ぼくらは　追いかけられるがわも　追うがわも　いっさんに　かけ出していた。途中の風景は何もない。ただひろしちゃんちの　いろりばたの灰にうめられていたにんじんをあつあつと　かじりあった記憶が　赤色のあざやかさのうちに　よみがえるのみである。

「寒夕焼け」を読むと詩人の子どもの頃がありありと浮かんできます。まるで物語詩のようです。映画の一場面にもなりそうですね。書き出しの第一連が見事です。「暮れない夕べ」「母にたずねても　ただ笑っているだけ」「陽は　いつまでも　つりさげられている」の言葉から二連以降で語られることが、今考えても事実なのか夢の中のことなのかわからないということがわかります。そして気のふれた少女を探すことと「鬼ぐやい」（鬼ごっこ）の遊びがどこかでつながっています。また、夕焼けの「赤」、カラスの「黒」、「青」ざめた表情、にんじんの「赤」の色彩の対比が一層この作品の不気味さを引き立てています。

菊永謙は生まれ育った故郷・宮崎県小林市の小さな山村の原風景にこだわり続け、それを何よりも大切にする詩人です。詩集『花まつり』(らくだ出版)は、自らの幼・少年期を鮮明に詩に綴っています。「寒夕焼け」など幻想的な散文詩が多く、表題作「花まつり」は少年詩とは何かを、また詩の奥深さを私たちに示してくれます。

6　命・生活をうたった詩

命や生活をよんだ詩も数多くあります。まず命をうたった詩からみていきましょう。

命《いのち》　　杉本深由起

まださむい　はるのはじめ
あめが　じめんを　やさしくたたく
きのめ　くさのめ　むしたちも
さあ　そろそろ　でておいでって

叩《たた》いているんだよ

あ　いま　うごいたわ
もうすぐうまれるあかちゃんが
おかあさんのおなかを　ける
はやく　あいたいなって
叩いているんだよ

うまれるよって　ことりのひなが
まってたよって　おやどりが
たまごのからを　つつく
コツコツ　コツコツ
叩いているんだよ

ああ
命って
叩いて　叩いて　叩いて

やっと一つ　うまれてくる

この詩が所収されている詩集『漢字のかんじ』（銀の鈴社）の「あとがき」で詩人・杉本深由起は次のように述べています。「語源や成り立ちにとらわれず、実感を大切に。漢字を分解して作るときには、例えば『命』なら『一』と『叩』は必ず使うというような一定のカセをはめつつ、心はできるだけ遠くへ――。なによりもその詩が、漢字から切り離して読まれたときにも、一篇の詩として成立するように……」。漢字の成り立ちや語源、文字の分析をもとに書かれた詩篇は既に何人かの詩人が試みています。しかし杉本深由起の違うところは「命」という漢字の全景を眺めて、その「実感」をもとに書かれているということです。詩人は、赤ちゃんがお母さんのおなかをけるように、叩くという能動的な行為によって生まれてくると感じたのでしょう。またことりのひなは卵の殻を中からつつき、親鳥は外からつつくように双方の行為によって誕生するとも感じたのでしょう。その実感をふくらませながら一篇の詩に作り上げたのです。最終連が見事です。

ひばりに　　　　内田麟太郎

ぼくにはことばがない

きみにかけることばがない
ぼくはただすわるしかない
うつむくきみのとなりに

いや　ぼくはたんぽぽになろう
きみのとなりにさく

いや　たんぽぽのわたげになろう
きみがそらへとばす

きみのおもいのそのことばを
とどけるゆうびんやさんになろう

そしてとばされながらひばりにはなそう
うつむいていたきみがかおをあげ
ぼくをそらへ　ふいたことを

きみのいのちがじぶんでこしらえた
ちいさなかぜのことを

かくしきれないよろこびに
こえをつまらせながら
ひばりにはなそう

ちいさな　ちいさな　かぜのことを

「ひばりに」の初出は、雑誌『日本児童文学』（二〇一二年七・八月号）。この号は二〇一一年三月十一日の東日本大震災の特集号です。震災と関係がない詩として読んでも感銘を受けますが、震災で被災した子どもたちに向けられた作品として読めば詩人の慈しみの情が一層深く胸に響いてきます。「うつむくきみに」できることとはなに？　ぼくは考えます。たんぽぽになろう、そのわたげになろう……と。その相手を思い、悩み、苦しむ、偽りのない真実の姿はきっときみの心に届くでしょう。だから「うつむいていたきみ」が「かおをあげ」、わたげになった「ぼくをそらにふいた」のです。「きみのいのち」が「ちいさなかぜ」を「じぶんでこしらえ」るようになったのです。声高に叫ばず、静かに語りかけるこの詩に励まされ勇気をもらう子どもたちも多いでしょう。詩の力、言葉の力はそこにあるのです。

ライオン　　工藤直子

雲を見ながらライオンが
女房にいった
そろそろ　めしにしようか
ライオンと女房は
連れだってでかけ
しみじみと縞馬《しまうま》を喰べた

「ライオン」は事物詩とも言えますが、「命」をテーマにした作品と考えこの中にいれました。やはり、この詩の素晴らしいところは「しみじみと」の箇所でしょうね。「しみじみと」は、「心に深くしみいるさま」という意味です。ライオンの夫婦が「しみじみと縞馬を喰べた」。肉食のライオンにとって生きるためには他の生物を食べなくてはなりません。いいかげんな思いからではなく、心から縞馬の命をいただくのです。その思いが「しみじみと」に表現されているのです。この言葉がなかったら単なるライオンの上辺の生活だけを描いた深みのない作品になったといえましょう。一語の大切さを改めて考えさせてくれます。
「ライオン」所収の詩集『てつがくのライオン』(理論社)には、ほかにも動植物や風景が主人公の作品がたくさんあります。また工藤直子には、『のはらうた』(童話屋)などの読んで楽しい詩集もたくさんあります。

あめ　　山田今次

あめ　あめ　あめ　あめ
あめ　あめ　あめ　あめ
あめは ぼくらを　ざんざか　たたく
ざんざか　ざんざか
ざんざん　ざかざか
あめは　ざんざん　ざかざか　ざかざか
ほったてごやを　ねらって　たたく
ぼくらの　くらしを　びしびし　たたく
さびが　ざりざり　はげてる　やねを

やすむことなく　しきりに　たたく
ふる　ふる　ふる　ふる
ふる　ふる　ふる　ふる
あめは　ざんざん　ざかざん　ざかざん
ざかざん　ざかざん
ざんざん　ざかざか
つぎから　つぎへと　ざかざか　ざかざか
みみにも　むねにも　しみこむ　ほどに
ぼくらの　くらしを　かこんで　たたく

「あめ」は生活を読んだ詩です。雨の降るさまを表したオノマトペの何と優れた作品なのでしょう。「ざんざか」「ざんざん」「ざかざか」のザ音の重なりが重く暗く響きます。掘っ立て小屋を、人々の暮らしを、まるで打ち据えるかのように感じます。「あめはぼくらを　ざんざか　たたく」などの七音、四音、三音のリズムや「あめ」、「ふる」、の繰り返しの効果も効いています。

「あめ」は一九四七年に発表されました。戦後二年目の貧しく苦しい庶民の生活が感じられる一篇です。

古靴　　　千代原真智子

玄関にぬぎすてられた
おまえは
すっかり
私の形をして
はずかしい　私の
心
そのままだ

「古靴」は玄関に脱ぎ捨てられた古い靴を見て綴られた作品です。その意味では事物詩といえるかもしれません。しかし、「私の形をして」や「私の／心／そのままだ」に主眼をおけば、生活を描いた作品とも読めます。「はずかしい」から形が少し崩れかけた古靴の様子が浮かんできます。それは私の心と同じというのです。落ち着きのない乱れた生活ゆえそうなるのでしょうか。短い詩ですが胸にぐさりと突き刺さります。

「古靴」所収の詩集『パリパリサラダ』（教育出版センター）は作者自身による挿絵が目を引

きます。聴覚にうったえる「くるみ荘」や「蚊」などにも作者の独自性を感じます。

忘れもの　　　高田敏子

入道雲にのって
夏休みはいってしまった
「サヨナラ」のかわりに
素晴らしい夕立をふりまいて

けさ　空はまっさお
木々の葉の一枚一枚が
あたらしい光とあいさつをかわしている

だがキミ！　夏休みよ
もう一度　もどってこないかな
忘れものをとりにさ

迷い子のセミ
さびしそうな麦わら帽子
それから　ぼくの耳に
くっついて離れない波の音

「忘れもの」に描かれている過ぎ去った夏休みへ〝カムバック〟を呼びかける思いは誰しもが感じることではないでしょうか。夏休みの家庭は子どもにとって大切な生活の場です。スケジュールを自分で決め、思い思いの生活を送る。なんと楽しい時間なのでしょう。新学期が始まる朝、セミ取りや海辺で過ごした日々のことが昨日のことのように思い出されてきます。その思いを第三連で「だがキミ！　夏休みよ」と擬人法で呼びかけ、「もう一度　もどってこないかな／忘れものをとりにさ」と倒置法を用いて夏休み再来の願望を強調しています。また最終連に描かれた「迷い子のセミ」「さびしそうな麦わら帽子」「くっついて離れない波の音」の三つの忘れものは体言止めにより深い余情を残しています。偽りのない子どもの思いを見事に描き出した作品といえましょう。

高田敏子は現代詩から出発した詩人で、ありのままの自分の生活体験を描くその詩風が特徴といえます。「忘れもの」は詩集『枯れ葉と星』（教育出版センター）から引きました。

正体を現す

小泉周二

鈴の音といっしょに
よっちゃぽっちゃと歩いている

セーターにごはんつぶをつけ
ズボンにしょうゆのしみをつけて
よっちゃぽっちゃと歩いている

これがぼくだ
逃げも隠れもしない

おてんとう様の下
深い霧の中を
白い杖をついて
よっちゃぽっちゃと歩いている

歩き慣れた道も、今では鈴を鳴らし白い杖を頼りに、時にはつまずきそうになったり、ぶつかりそうになったりと心もとない。そんな様子を表した「よっちゃぽっちゃ」の擬態語がいきています。第三連で「これがぼくだ／逃げも隠れもしない」と言い切る。そこに虚飾をすて、あるがままの自分をさらけ出している詩人を見ることができます。その真摯《しんし》な姿が胸を打ちます。さらにまた作者自身の人生にたちむかおうとする強い意志が感じられます。

詩集『太陽へ』（教育出版センター）には「正体を現す」を含め、小泉周二の「まだ少し見える目とそのほかの体全部と心を使って書いた詩」（あとがき）が三十八篇収められています。まさに全身全霊を込めてつくりあげた詩集といってよいでしょう。一篇一篇の詩から作者の確かな息づかいと鼓動を感じます。「シャクヤクが咲いてる／ぼくの庭に咲いてる／見えなくても咲いてる／だまって咲いてる」（「シャクヤクⅡ」）。詩集の最終部におかれたこの詩から見えるゆえに見えないもの、見えるゆえに聞こえないもの、見えるゆえに伝わらないものがいかにたくさんあるかと思わずにいられません。

7　視覚・聴覚の詩

私たちの視覚や聴覚にうったえた詩もあります。まず視覚詩をご覧ください。

なみ

内田麟太郎

へへへへへへへへへへへ
へへへへへへへへへへへ
へへへへへへへへへへへ
へへへへへへへへへへへ
へへへへへへへへへへへ
へへへへへへへへへへへ
へへへへへへへへへへへ
へへへへへへへへへへへ

うみがわらっている

ひらがなの「へ」が縦に十一文字、横に八行にわたって続いています。まるで海を四角く切り取ったように見えます。その海は「へへへへへ……」と照れてるように低い声で笑っていませんか。この「へ」は波を表すと同時に海の笑い声も表しています。風がやんで波が穏やかになった凪《なぎ》の状態の海なのでしょうね。詩集『うみがわらっている』（銀の鈴社）所収の一篇です。

かいだん

関根榮一

だん
かいだん
かいだんだん
かいだんのぼるよ
かぞえてだんだんだん
とまってうえみてかいだん
かいだんだんだんのぼるよだん
いちばんうえだよたかいなかいだん
あちこちみえるよたのしいかいだん
かいだんだんだんおりるよだん
とまってしたみてかいだん
かぞえてだんだんだん
かいだんおりるよ
かいだんだん
かいだん
だん

この詩を見ると、まず△のかいだんの形が目に入ってきます。その詩形の面白さにひきつけられます。次に読み手はこの詩を、「だん、かいだん、かいだんだん、かいだんのぼるよ、かぞえてだんだんだん、とまってうえみてかいだん、かいだんだんだんのぼるよだん、いちばんうえだよたかいなかいだん、……」とリズミカルに読んでいくでしょう。読むにしたがって目線は上がっていき、頂点にたち、今度は下がる。目でもかいだんを上り下りするのです。その内容もわかりやすく楽しい。また行末が「だん」と脚韻を踏んでいるのも作者の工夫のあらわれです。「かいだん」は『にじとあっちゃん』（小峰書店）の中から引きました。

「すき」と「きらい」　　岩佐敏子

すきなものは「すき」でつつんであげよう

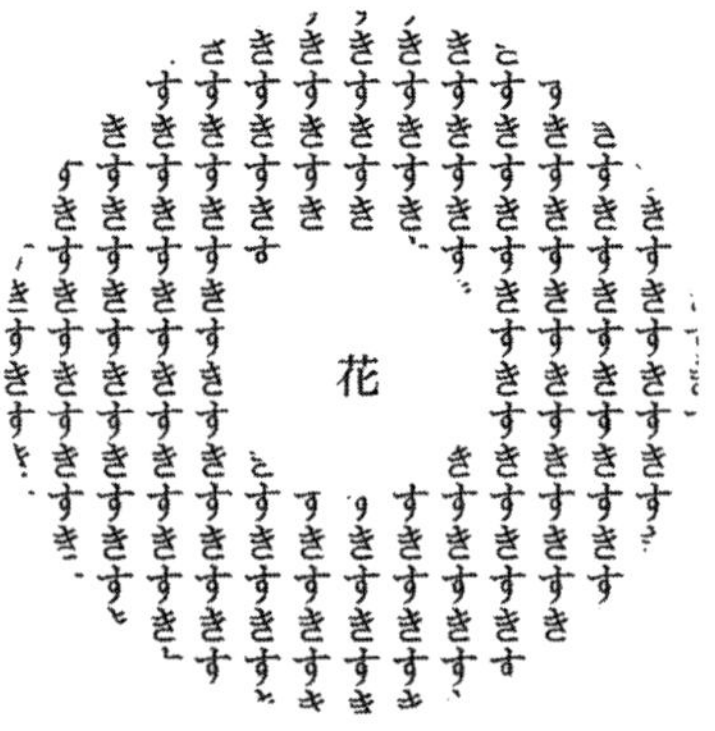

きらいなものには「きらい」をつけよう

この詩は声に出して読むことはできません。自分の「眼で読む」詩です。まず、「花」を「すき」という言葉でつつんでいます。じっと見ていると、その「すき」の文字が鮮やかに浮かびあがってきます。活字の大きさや形、改行や余白にも注意してみましょう。「花」の周囲の余白は大きく、「すき」という文字も一定の大きさで厚く、太い。花に対する好意的な思いが多くの人々にとって共通するものを感じます。一方、「戦」には「きらい」の文字で×印をつけています。その×印も太さが四箇所すべて異なります。「戦」を囲む余白も少なく、戦に対する人々の嫌悪感・複雑な思いがここに表れているようです。

この詩をはじめ「木のグラデーション」や「虹」など視覚性のある実験作が岩佐敏子の詩集『でたらめらんど』（いしずえ）に収められています。聴覚の詩も紹介しましょう。

おと　　　　与田準一

ポロン。

ピアノって、
いい　おと　ね。

ポロン。

ピアノの　おと
どこへ　ゆくの。

ポロン。

あの　おと
ちょうだい。

柔らかな感性に満ちた詩です。これは幼い子ども向けに書かれた詩で「幼年詩」ともいいます。「ポロン。」はじめてピアノに触れたときの響きの音です。そして「いい　おと　ね。」と感じ入り、また「ポロン。」と奏でます。今度は「ピアノの　おと／どこへ　ゆくの。」と音を目で追い、更に「ポロン。」と弾きます。最後には「あの　おと／ちょうだい。」と素敵な響きの音を自分のものにしたいと願うのです。幼い子どもは何にでも興味を持ち、それを自身の宝物にしようとします。その幼年期の子どもの心理を巧みに表した作品といえましょう。このような子どものつぶやきに似た作品は一見簡単に書けそうに見えますが実はとても難しい。まず豊かな想像力と言葉を彫琢《ちょうたく》する力が必要となります。与田準一の詩をもう一篇ひきます。

しなのゆきはら　　　与田準一

汽車はごっとんろっとん
しっとんはっとん

汽車はごっとんろっとん
しっとんはっとん。

さっき見おくったのが
木崎湖《きざきこ》
今すぎていくのが
青木湖《あおきこ》。

汽車はごっとんろっとん
しっとんはっとん
汽車はごっとんろっとん
しっとんはっとん。

二つのみずうみは
しなのゆきはらに
姉と妹のような
まなざしでした。

信濃《しなの》（長野県）の雪原を走る汽車の音が聞こえてきます。ＳＬ（蒸気機関車）のようです。ＳＬの走る音「ごっとんろっとん／しっとんはっとん」は数字の連続音五、六、七、八でもあります。それを詩人はひらがなで表記し四回繰り返します。「ごっとんろっとん／しっとんはっとん」、「ごっとんろっとん／しっとんはっとん」と何度も声を出して読んでみましょう。「ごっ」「ろっ」「しっ」「はっ」に力を入れて。雪原を力強く前進する汽車が見えてきませんか。汽車は木崎湖を通過し、いま青木湖の前を過ぎようとしています。最後で、二つの湖は姉と妹のような眼差しでした、と結びます。ここはまるでメルヘンの世界ですね。

与田準一は子どもの言葉を芸術の域にまで高めた詩人として知られています。「おと」をはじめ幼年詩、少年詩の数々は『与田準一全集』（六巻・大日本図書）で読むことができます。

8　非日常・ファンタジーの詩

子どもたちは現実から離れたファンタジーの世界が大好きです。少年詩の中にもそんな世界を描いた作品があります。

ずっと

宇里直子

絵の奥へ舟を漕《こ》いで行く絵画
訪れるといつも漕ぎ続けている
奥へ奥へと終わり無く漂い
振り子時計がボーンと時を告げても
室内の照明が落とされた闇でも
ずっと漕ぎ続けている

瞬間を切り取った画家は罪だ
舟は引き返すことも許されず
先を行かねばならない

ひそかにぱしゃん！
水の波紋が広がった

美術館に飾られた一枚のシュールレアリスム（超現実主義）の絵画を見ているようです。終わりなく漂い、漕ぎ続ける舟。「ずっと」続く、永遠なる非日常の世界。「ぱしゃん」という音も現実のものなのか幻聴なのか。私たちは、絵とともに「ずっと」漂い続けるのです。

「ずっと」が所収された詩集『兎の散歩者』(幻冬舎ルネッサンス)は、私たちが時折感じる無意識の世界、夢の世界を詩に作りあげています。詩集一冊の中に漂う、夢ともうつつともわからないシュールな世界を私たちは解釈し理解しようとしてはいけません。詩を読み、そのままを感じとるだけでいいのです。「感覚任せ、文法を蹴飛ばし、その方が伝わると感じれば、思いのままに表現します」(あとがき)という、宇里直子の『兎の散歩者』を一冊読み終えると、そこに描かれた非日常的な世界こそが本物の現実世界に思えてきます。

風とハンカチ　　　　山中利子

風がすき
風に向かって手を広げてそう言ったら
風は私をさらっていった
風につかまって飛び去るとき
ハンカチを振った

ハンカチはみみを押さえて
ピュルルウンとうなって舞い上がっていった
雲を包んでみるんだって

雲ってハンカチよりもっと大きい
ハンカチは今
雲の上にチョコンと乗っかって
私が行って腰をおろすのを
待っている

風といっしょに
あそこまで行ってみよう

山中利子は時空を自由に行き来できる詩人です。野面《のづら》を、空を、そして丘を変幻自在に渡っていく〝風〟と心を通わせ、時には風と一緒に雲の上に腰を下ろそうとします。ピュルルウンとうなって舞い上がるハンカチもまた自在に動きまわり、雲を包んでみようなんて壮大な夢を持っています。この自由でのびやかな作品世界を読むうちに私も風も雲もハンカチと一緒に、またどこか遠くの未知の世界に旅立っていくようにさえ感じられます。想像力は限りなく広がっていくのです。

詩集『遠くて近いものたち』（てらいんく）には「風とハンカチ」のほかに、見えないものを心に写しとり、聞こえない声に耳を澄ませて綴られた作品が数多く収められています。

グランドピアノ　　　　海沼松世

おんがくしつに　一頭
クジラがいる

ふたをあけると
クジラはわらう
白い歯を出して

せなかのほねを
ひびかせて
クジラはうたう

ド――
レ――
ミ――
ファー
ソ――
へやのなかを
クジラの子どもが
およいでいく
およいでいく

しい――っ
こんどは
ピカピカに光った
大きなクジラが
およぎだすぞ

音楽室に置かれたグランドピアノから着想をえた自作。黒くピカピカ光るグランドピアノはまるで大きなクジラのようです。ふたを開けると白黒の鍵盤が現れ、あたかも歯をむき出したように笑いかけてきます。そして背中の弦はクジラの背骨。ピアノをひくとクジラの子どものように音が部屋の中を泳ぎまわります。このあと「ピカピカに光った／大きなクジラが／およぎだすぞ」と想像力を一気に高めます。一頭のクジラがあなたの目の前に現れたらこの詩は成功です。詩集『空の入り口』（らくだ出版）の中の一篇です。

のいばら　　大久保テイ子

よふけに
うみがなると
くらげたちが　さめて
つきのひかりに　ただよいだす

なみまに
すきとおって　くらげたちは
ほのぐらい　ねむりのきしに

はなればなれに　たどりつく

あおざめた　おかを
ゆらゆらと　のぼりおり
よるをさす　のいばらに
ぎんのいとを　まきつける

とおく　やみにはぐれて
のぼりつめた　とうのまどから
みることがある

ひくいやねがつづく
ひっそりとした　ろじを
つかれきった　くらげたちが
つめたい　みをひいて
あけがたのうみに　かえるのを

なんとも幻想的な詩ですね。ここに描かれた海は作者の住む北海道の海です。深夜、海鳴りの音で目ざめたくらげたちは岸に上がり、のいばら（野ばら）にぎんの糸を巻き付けるのです。そして明け方になると疲れ切った身を引きながら海へ帰るというのです。イメージが暗い。また全文ひらがなで書かれていて説明をきいても何が言いたいのかわからないと思った人もいるでしょうね。このような詩は意味を追うのではなく、読んだ時の感覚を大切にしたい。詩の内容を理解しようとするよりも、少し気味が悪いけれどなんとなく惹《ひ》かれると思う人がいればいいのです。小川未明の童話『赤い蠟燭《ろうそく》と人魚』の「冷たい、暗い、気の滅入りそうな」北方の海を思い浮かべる人もいるでしょう。また萩原朔太郎の詩「月光と海月《くらげ》」の「月光の中を泳ぎいで／むらがるくらげを捉へんとす……」と共通するものを感じる人もいるでしょう。私もこのような幻想に満ちた作品にとても惹かれるのです。

　この作品は大久保テイ子詩集『ぼっこてぶくろ』（岩崎書店）の中に収められています。「ほっかいどうの、／どこにでもあるような／ふうけいと／わたし……」（あとがき）の関わりのなかで書かれた作品の一つといってよいでしょう。

返事　高階《たかしな》杞《き》一《いち》

冬の　くもった空へ

手紙を書いた
　　いいことなんて
　　　　あるのかなあ
つぶやいて
土のポストにいれた
その夜
雪が
降ってきた
遠い　空のはてからの
返事のように

「返事」は非日常を描いています。空へ書いた手紙の内容は何でしょう。「いいことなんて／あるのかなあ」のつぶやきから、悲しい出来事への愚痴、生きる上での不満、友達とのいさかい、勉強のつまずきなど、いろいろ考えられます。それを書いた手紙を「土のポストにいれた」のです。この表現、面白いですね。手紙は空へ届いたようです。その夜、遠い空のはてから雪の返事があったのですから。きっと励ましの言葉が添えられていたことでしょう。ふと、物理学者で随筆家の中谷宇吉郎《なかやうきちろう》の言葉、「雪は天から送られた手紙である」を思い浮かべました。最終連を読むと心が温かくなりますね。

高階杞一の詩をもう一つ引きます。

食事　　　高階杞一

猫が食事をしている
と　知らずに強く扉を開けた
猫は驚いて
ひどく怯《おび》えた目でぼくを見る
その時ぼくは
初めて
猫の目が人間よりずっと下の方にあるのを知った
人間よりずっと下の方から猫は

この世を見つめているんだと知った
わたしたちが食事をしていると
晴れた空のどこかで
突然　扉が開く
わたしたちは怯えた目を上げて
空を見る

何もない空の
真上から
箸《はし》が
ゆっくりと下りてくる

この作品も非日常の世界を描いています。一連では食事をしている猫が「ひどく怯えた目」でぼくを見ます。その時、初めてぼくは知るのです。「猫の目が人間よりずっと下の方にある」ことを。「人間よりずっと下の方からこの世を見つめている」ことを。猫の視点の発見といっていいでしょう。二連は、わたしたちが食事をしていると空のどこかで扉が開き、「わたしたちは怯えた目を上げて／空を見る」と、一連の猫の視点を逆転させ、人間に置き換えています。扉を開けたのは誰でしょう。三連では、「何もない空の／真上から／箸が／ゆっくりと下りてくる」のです。箸は、人間を食べるための箸です。思わず、背筋がぞくっとします。「食事」は一方的な視点にとらわれて生きている私たち人間への警句といえましょう。また生きることは「食べる」「食べられる」の関係の上に成り立っていることを気づかせてくれる作品です。

高階杞一は現代詩も少年詩も書く詩人です。少年詩では『空への質問』（大日本図書）など平易な言葉で書かれながらも深い余韻を残す作品を集めた詩集があります。「返事」「食事」は、『高階杞一詩集』（角川春樹事務所）から引きました。

9　戦争と平和への願いをよんだ詩

かつての太平洋戦争や今も世界各地で絶えることのない戦い・紛争を描いた詩があります。また反戦・平和を願う詩もあります。まず太平洋戦争を描いた作品を紹介しましょう。

とくべつな秋の一日　　川崎洋子

戦争にいった　おとうちゃんがかえってくると

占いのばあさんがおつげをいった　その日
日本は秋で　ぴかぴかのお天気

きのうまで　ほんとかなあと　わたし
ほんとかしらと　おかあちゃん
がっかりするのがいやだから
それきり　なにもいわなかった

その日　学校で
ドッジボールをしているときも　おちつかなかった
用務員さんが廊下をくると　ドキッとした
夕方は家のまえで　石けりをしてあそんだ
おとうちゃんがかえってきたら
いちばんさきに　みつけられるように

いつもとおなじ夜になった
おかあちゃんと　わたしは　目をあわせ

すこしわらって
とくべつな一日は　おわった

「とくべつな秋の一日」は少女の目からみた先の太平洋戦争を描いています。戦争に行った父が帰ってくるという占いのばあさんのお告げは、秋の「ぴかぴかのお天気」の日にありました。「ぴかぴかの天気」はお告げ通りのことがおきる予感をさせてくれますね。でも、そのお告げに、わたしも母も半信半疑。わたしは夕方、家の前で石けりをして遊びます。「おとうちゃんがかえってきたら／いちばんさきに　みつけられるように」と。ここに父への思慕の情が強く感じられます。結局、特別な秋の一日は母とわたしが目をあわせ「すこしわらって」終わります。ちょっとがっかり、でもあきらめきれない、そんな家族の思いが伝わってきます。当時、このような特別な日はどの家庭にもあったのでしょうね。戦争への思いを声高に叫ばず、淡々と事実を描写することでかえって心に残ります。

「とくべつな秋の一日」は詩集『しゃしんのなかの　おとうちゃん』（らくだ出版）から引きました。ほかに「戦没者遺児によるフィリピン慰霊巡拝の旅」をうたった「アマリリスの咲く公園」「いのり」などが収められています。

かくれんぼ

田代しゅうじ

ぼくらのかくれんぼ
ジャンケンポン　ジャンケンポン
アイコデショ
ジャンケンポン

ジャンケンもアイコもない　かくれんぼ
「かくれんぼするものよっといで」
だあれも声をかけないかくれんぼ
かくれんぼの合図はいつも役場のサイレン
―― 空襲警報発令　空襲警報発令 ――
昼も夜もない　かくれんぼ
大人も子供も　かくれんぼ
さつまいも畑　さといも畑　田圃《たんぼ》の稲の中
たった一人でも　かくれんぼ

隣の竹山の中の防空壕は
おかあさんも　弟も妹も
お隣の　おじいさんもおばあさんも
さねひろくんも　みんな一緒だった

鬼は青空をまっくろにしてやってくる
グラマンと　B29
爆音と　機銃掃射の振動で大地が揺れ
頭にくびすじに　こぼれてくる冷たい土
ナンマンダブツ　ナンマンダブツ
お経をとなえるかくれんぼ
――　鬼は早よあっちへ行け　――
祈るぼくらのかくれんぼ

かくれんぼの出来なかった長い貨物列車が
真っ赤な炎になめられている
さといも畑に駆け込めなかった少年が

かかとを撃たれて　大地をなめている

ぼくらのかくれんぼ
ジャンケンポン　ジャンケンポン
アイコデショ　ジャンケンポン

ジャンケンもアイコもないかくれんぼ
昭和二〇年八月一五日
「国道沿いの人達は　みんな五里四方の山里にかくれろ」
鬼が上陸してくる
「日本軍は戦地で敗けた国の人たちを、女でも子供でも　殺したり
股さきをしたり　大変なことをしたそうじゃから　こんどは
　日本がされるそうじゃ」
人は目を引きつらせ村はふるえている
月夜の晩の長い長いかくれんぼの列
お母さんが　弟が　妹が　殺される

あてもない隠れ場所を探して歩いた
ぼくらのかくれんぼ

ジャンケンポン　ジャンケンポン
アイコデショ　ジャンケンポン
ジャンケンもアイコもないかくれんぼ

さよなら　さよなら　かくれんぼ
さよなら　さよなら
さよなら　さよなら　かくれんぼ

長篇「かくれんぼ」は少年の目からみた戦争を描いています。子どもの遊びである〝かくれんぼ〟の言葉をリフレインしながら昭和二十年の作者が住む鹿児島の空襲を語っています。鬼は青空を真っ黒にしてやってくるグラマンとB29。つまり米軍です。その鬼からひたすら逃げるほか術はなく、昼も夜もない、かくれんぼなのです。大人も子どもも、あてもない隠れ場所を探して歩くかくれんぼなのです。何と恐ろしいかくれんぼなのでしょうか。七十年前、ジャンケンもアイコもないかくれんぼが日本各地にあったのです。今、日本では風化しつつある戦争の悲惨さを伝えるために中・高生にもぜひ読んでもらいたい一篇です。「かくれんぼ」は詩集『野にある神様』（てらいんく）に所収されています。

次は広島の原爆投下を描いた作品を二篇紹介します。

水　　えの　ゆずる

—みずをください
デルタの川は
それは　しおみず
あまりの　のどの乾きに
川辺に降りて　のどをうるおす前に
倒れてそのまま　流されてしまった
人々

—水をください
焼けただれた手を組んで
すくう

しおみずにしみいる　やけどの傷
痛さに耐えて
口にする　ひろしまの水
ああ
青くたたえているのに

—みずを　のませて　ください
ほんとうの
ほんとうの　みずは
どこに　ありますか

　土に眠る　　えの　ゆずる

原爆が投下されて
四十年もの時は流れたのに
けさの新聞には

注　デルタは三角州

まだ土に眠る被爆者の遺骨が
みつかったという
爆心地に近い本川《もとかわ》小学校の
旧校舎建てなおしの基礎工事で
二千人もの遺体を火葬しては
臭気を消すために石灰がまかれ
その上で　また火葬し
七層の跡になっていたという

己斐《こい》小学校でも
運動場で火葬した
数年後に
ふるいによって遺骨を集めた
四十年を過ぎて運動場整地工事のとき
土に眠っていた一片の遺骨は
やっと供養塔に安置された

縮景園《しゅっけいえん》では
当時の写真をもとに
土に眠る遺骨を安置することができた

ヒロシマの土には
まだ眠ったままの遺骨が
どれだけあることだろう
戦争は　とっくのむかしに終わっているのに

二篇とも、えの　ゆずるの作品です。

「水」は原爆投下後の広島を描いています。この作品に解説はいらないと思いますが一つだけ添えておきます。広島は川の砂が海に流されてできたデルタ地帯（三角州）の街です。その川はほとんどが「汽水《きすい》」（淡水と海水が混在した状態）といいます。だから、「しおみず」という表現になっているのです。

「土に眠る」は、被爆し亡くなった人々への〝鎮魂の思い〟が強く伝わってくる作品です。戦争が終わって四十年を経ても見つかり続ける遺骨の数々。しかも土にまだ眠ったままの遺骨があるのです。四十年前に終わったという戦争もこの埋もれたままの遺骨がある限りまだまだ続くのです。

作者の、えの　ゆずるは一九四五年（昭和二十年）八月六日、広島で被爆しました。十五歳だったといいます。この「水」や「土に眠る」のように自身の体験を通して戦争や原爆を描いた作品は詩集『水辺の祈り』（大日本図書）に収められています。

もう一篇、違った視点から原爆投下を描いた作品を引いてみます。

かたりべ　　　　島村木綿子

あの日も　ここに立っていた
すさまじい熱と風が押し寄せ
枝が葉が　吹き飛ばされ
幹は深くえぐられ焼かれても
かろうじて持ちこたえた
ふたつのいのち

気づいたときには
無音につつまれていただろう

セミや鳥の歌声
人々の気配が　かき消えた中で
傷ついたクスノキたちは
何を思ったのか

きょうも　ここに立っている
再びしげった枝や葉を
風にそよがせ
セミや鳥や人々の
いのちの音に耳を傾けて

あの夏の日に
きのこ雲の下であったことを
傷あとの残る　その姿で
語りつづけながら

島村木綿子は長崎在住の詩人です。ここに描かれた「あの日」とは一九四五年八月九日、長崎に原爆が投下された日のことです。あの日、原爆に焼かれ傷ついたクスノキは、かろうじて命は持ちこたえることができました。その日から今日まで七十年間、クスノキは「かたりべ」となって〝反戦の思い〟〝平和の願い〟を語りつづけているのです。傷あとの残る自らの姿をさらすことで。『日本児童文学』（二〇一六年七・八月号）に掲載された作品です。

島村木綿子には身近な生き物や広大な宇宙を描いた『森のたまご』（教育出版センター）などの詩集があります。

次は今も世界に絶えない戦争や紛争を描いた詩を紹介しましょう。

野の花　　菊永　謙

――イラクの子どもたちに――

草花に心を深く寄せた最初の人類は
四万年も前に滅びていった
ネアンデルタールの人々だという
イラクの遺跡を発掘にいった
いくつかの国の考古学者たちによれば

原始人ネアンデルタールの
いくつもの墓地から
スミレやヤグルマソウやノコギリソウの
おびただしいばかりの花粉たちが
幾重にも
発見されたという
飢えて
病んで
傷ついて
亡くなっていった
親しき者たちを弔《とむら》う人々
彼らは　野に咲く草花をそなえ
いとしき者の塚に
季節のめぐりに咲く花々を植えた
長い歴史を繰り返し重ねてきた人類たち
今　われわれ人類は

野の花の代わりに
金属の　液体の　ウイルスの　ガスの　ウランの
最新の　開発の品々を
いちどきに激しく花ひらかそうと
イラクの大地を選ぶ

砂嵐のなか
砂丘の下から
数百年ののちに
人類は
おびただしい花粉や人骨と共に
おろかしい兵器のかけらを
発掘する

「野の花」は、二〇〇三年に始まったイラク戦争を題材に描いています。一九五〇年代から六〇年代にかけて、北イラクの山中にあるシャニダールという洞窟調査で数万年前のネアンデルタール人の遺跡が発掘されました。そこでは埋葬された状態のネアンデルタール人と、その人骨化石を覆っていた土の中から大量の花粉が発見されたのです。この事実から、すでに数万年前に死者を悼み、美しい花飾りを添えて埋葬していたことがわかったのです。作品「野の花」は、それをふまえて書かれているのでしょう。死者に花を添えたという人間らしい心をもったネアンデルタール人が発見された地、イラク。そこは今、「野の花」の代わりに「金属の　液体の　ウイルスの　ガスの　ウランの／最新の　開発の品々を」「花ひらかそうと」しているのです。皮肉としかいえませんね。最終連は「数百年ののちに／人類は／……おろかしい兵器のかけらを／発掘する」と断定の形で結びます。「野の花」は文明・文化とは何かを考えさせてくれます。同時に、平和への強い働きかけが今こそ必要なのだと私たちに気づかせてもくれます。

「野の花」は、菊永謙の第二詩集『原っぱの虹』（いしずえ）から引きました。

10　愛をうたう詩

愛や恋の歌は広く和歌・短歌にうたわれ、現代詩などでも多く書かれています。一方、少年詩ではまだそれほど多く書かれていません。しかし少年少女期は恋に芽生える年代でもあります。一人の異性を思い慕う淡い恋情はもっと書かれてもいいように思います。ここでは次の五篇を引きます。

すみれ

村瀬保子

こみちのわきに
ほっと
ひとむれ

原っぱをすぎて
丘の上まで

石垣のすきまから
空の中へ

すみれは
春の案内人
手をつなぎ

わたしを
あなたへと
みちびいてゆく

ひらがなの「すみれ」の語感から柔らかく可憐な花が思い浮かびます。春、濃い紫の花を一つつけるすみれはまさに、一人の少女そのものであり、少女の心のときめきでもあります。私には『源氏物語』の「若紫の巻」に登場する少女・紫の上のイメージが重なります。そんなイメージをもったひとむれのすみれが、丘の上、空の中へとのぼっていきます。第四連で「すみれは／春の案内人」とありますが、この「春」は「青春」の一文字であるということにも気づきたい。空に舞い上がった少女のときめきは、いつしか意中の人の手をしっかりとつかんでいるのです。

村瀬保子詩集『窓をひらいて』（てらいんく）は愛の詩集といってもいいでしょう。「すみれ」のほか「もくれん」「予感」など恋する少女の思いを描いた作品が所収されています。

沈丁花　　　高杉澄江

わたし　ここにいます

ここにいます

ほら
春の陽だまりの中

この作品は同人誌「とっくんこ」（三七号・とっくんこの会）に発表された一篇です。三六号の「月下美人」に次いで発表された高杉澄江の恋愛詩といっていいでしょう。短詩の中には恋の一途な思いがつまっています。沈丁花は名香である沈（じん）と丁子（ちょうじ）のにおいがする花の意と歳時記にあります。春先、内側が白、外側が赤紫色の香気がつよい花を開くのです。高貴な花ともいわれています。花言葉は「栄光」「不死」「不滅」「永遠」。「わたしここにいます／ここにいます」と香気をふりまき、自分の存在を意中の相手に知らせる、そんな積極的な恋を感じます。春の陽だまりの中に浮かぶ沈丁花の姿が見えてきそうですね。この思いは相手に通じたのでしょうか。みなさんの想像に任せます。

高杉澄江には詩集『どらせな』（てらいんく）があり、少年詩から現代詩まで幅広く活動しています。

祭りの夜　　川崎洋子

風が　はこびます
笛の音　太鼓のひびき
まわりに夜がおりてきて
町のさざめきが　きこえます

わたし　祭りには行きません
だって　あのひとが　いないから

去年　はじめて浴衣を着ました
わたし　はじめてキスをしました
そして　それから…

くりかえし　わたしに愛を誓い
あのひとは　去っていきました

風が　消します
わたしの　なみだを
風が　消します
あのひとの　足あとを

同人誌「虹」（一四号・虹の会）から引用しました。甘く切ない失恋をうたった作品です。「浴衣」の文字がありますが、この「祭りの夜」の季節は秋でしょう。そして、「風」がキーワードとなっています。風は「秋風」。「秋風」の「秋」と「飽き」が掛詞になっているように私には思えます。（掛詞《かけことば》とは、一つの言葉に同時に二つの意味をもたせる修辞法。「まつ」の掛詞は、「松」と「待つ」の類。）

古来、和歌で詠われてきた恋歌の季節は多くが秋で、「秋」と「飽き」の掛詞を用いています。『古今和歌集』にも「秋風の吹きと吹きぬる武蔵野はなべて草葉の色変わりけり」（秋風がふきすさぶ武蔵野は一面の草葉の色が変わってしまった。そのように飽きられ捨てられてしまったわが身のまわりはすべてが変わってしまった）と詠われています。

作品「祭りの夜」で、あのひとのいない祭りには行かないと決意したわたし。でも、「くりかえしわたしに愛を誓」ったと未練が募ります。わたしは飽きられ、「あのひとは　去って」いったのでしょうか。七連八連は「風が　消します／わたしの　なみだを」「風が　消します／あのひとの　足あとを」と倒置法によって結びます。「風」が、あのひとへの思いを断ち切り、わたしを立ち直らせてくれるように思えます。

川崎洋子には、詩集『おかあさんのやさしさは』（けやき書房）、『しゃしんのなかの　おとうちゃん』（らくだ出版）などがあります。

あなたが好き　　　　立原えりか

あなたが好き
生きてるから好き
笑ってるから好き
くすぐったがりやだから好き
くいしんぼうだから好き
ねごと言うから好き
わがままだから好き
わたしより大きいから好き

うそがへただから好き
つめがきれいだから好き
いっしょうけんめいだから好き
愛してくれるから好き
愛してるから好き

明るい愛の詩です。「くいしんぼうだから」、「ねごと言うから」、「わがままだから」と普通はマイナス要因の事柄でも許してしまいます。あなたが好きだからです。「あばたもえくぼ」という諺《ことわざ》があります。「愛している人については、欠点でも美点にみえる」のです。一方「笑ってるから好き」「つめがきれいだから好き」「いっしょうけんめいだから好き」とプラス要因も忘れていません。つまりあなたの全てが好きなのです。相思相愛の二人なのです。あなたの好きな言葉におきかえて読んでみたら面白いでしょうね。

童話作家でもある立原えりか初の書きおろし詩集『あなたが好き』（大日本図書）より引きました。

あげは蝶　　西沢杏子

あげは蝶は
翅で飛んでいるようで
胸の力で飛んでいる

恋しい人に逢うときに
足が動きはしていても
胸で歩いて行くように

あげはが飛んで描く軌跡
いつしか絹の文字になり
いまだに終わらぬ恋文を
タピストリーに織り上げる

まず一連の「あげは蝶」は「胸の力で飛」ぶというその観察力に驚かされます。二連「胸で歩いて行く」の「胸」は「心」のこと。恋しい人に逢いたい時、誰しも胸は高鳴ります。逢いたい思い（心）は募ります。それを「胸で歩いて」と表現しているのです。そして「恋」は旧字体で「戀」と書くことも思いだしましょう。昔の人はこの漢字を「（糸）いとしい、(糸)いとしい、と(言)いう(心)こころ」と語呂合わせで覚えたそうです。「いとしい」は「愛しい」のこと。よくできた漢字ですね。三連が少し難しいかもしれません。あげは蝶は、飛ぶ様がふわふわと気ままに舞いながら空に揚がるように見えることからそう名付けられたといいます。そしてオスはメスを求めてひたすら飛び回り、メスを見つけると猛アタックをかけるそうです。三連一行目で、その飛んで描く軌跡を想像してみましょう。二行目から四行目は「あげはが飛んで描く軌跡」を比喩を用いて描いています。まるで「絹の文字になり」「恋文を」「タピストリーに織り上げる」ようだと。この比喩は見事です。最終行の「タピストリー」とは、壁掛けなどに使われる室内装飾用の織物のこと。「あげは蝶」は人の恋する気持ちの一途さを胸の力で飛ぶ蝶に重ねた作品といえましょう。

西沢杏子には「あげは蝶」を収めた『虫の恋文』(花神社)の他、『虫の曼陀羅《まんだら》』(朝日新聞社)、『虫の落とし文』(同)など虫をテーマにした詩集がたくさんあります。平安時代に書かれた『堤中納言物語《つつみちゅうなごんものがたり》』の中に「虫愛《め》づる姫君」の短編がありますが、西沢杏子は千年を経て再び現れた「虫愛づる姫君」のように私には思えてなりません。

Ⅳ章　少年詩を書いてみよう

少年詩を読み、味わっているうちに自分も詩を書いてみたいと思う人が出てくるでしょう。ちょうど私がそうであったように。二十代の私は室生犀星、萩原朔太郎、高村光太郎などの詩を愛読していました。ある日、図書館の雑誌コーナーで『日本児童文学』を偶然手に取り、そこに掲載されていた原田直友さんの詩「秋のけはい」に引き込まれ少年詩に関心を持つようになりました。作家・井上ひさしの言葉を借りれば、「むずかしいことをやさしく、やさしいことをふかく、ふかいことをおもしろく、おもしろいことをまじめに、まじめなことをゆかいに、そしてゆかいなことはあくまでゆかいに」というようにして書かれたのが原田直友さんの詩だったのです。最初はその雑誌の愛読者であったのが、いつの間にか自作の詩を投稿するようになりました。そして投稿の常連者となるうちに同人誌に誘われたり、また自分で同人誌を創刊したりと活動範囲が広がり、気が付くと詩集を出版するようになっていました。ですから読者のみなさんの中にも、読むだけでは飽き足らず書く側へと変わる方も多くおられると思います。そこで、少年詩を書く上で心がけておくことや注意しておくべきことをいくつか整理してみます。

1　よく観察する

書く前に、目の前にある物（対象物）をしっかり観察してみましょう。目線は子どもの目の高さで。実はこの目線が少年詩を書く場合、特に大切になります。大人の詩人が子どものために書いた詩。これが少年詩といわれるものでしたね。読者は子どもです。（もちろん大人が読む場合もあります。）ですから、子どもにわかる言葉で、しかも子どもを感動させる深い内容のものでなくてはなりません。まず、子どもの目の高さで身の回りにある物を観察するよう心掛けてみてください。（大人の書き手が子どものときのような純粋な目でものを見ること。これはなかなか大変なことです。しかし、そう心掛けてみてください。）

対象物をしっかり観察してみると、見えていたようで、実は見えていなかったものがたくさんあることを知るでしょう。

ある詩人は、薔薇《ばら》のトゲの角度・位置を観察し、次のことを発見しました。トゲは根元に向かってついています。ですから枝の先から根元に向けて、トゲを軽くなでればけして刺すことはありません。トゲは薔薇を引き抜こうとすると手に刺さるのですね。

ある詩人は、鶏が穴だけの鼻の持ち主なのに少しも気にかけずどうどうとした姿を発見します。そして人間だけが鼻の高さの高低に一喜一憂している愚かな動物であることに気がつき、それを詩にしました。

ある詩人は、目の前にある小さな石ころを観察します。転がしても押しつぶしてもじっと見つめても何の反応もなくしらんぷりをしている石ころでも手の中に、やさしくにぎってみると温かくなることを発見します。ちょっとしたことですが初めて心が通い合ったと感じ、それを詩にしました。

また、ある詩人は事物を三百六十度の方角から見るようにしているといいました。そうするとどんなものにも宇宙が見えるというのです。例えば、一本のエンピツを三百六十度、方角を変えて見てみましょう。角度によって、六角形に見えたり、長方形に見えたりします。また机に置くと、影があったり、表面の色が光にあたって濃かったり薄かったりします。よく見るとエンピツの実体がわからなくなります。

ここで次の詩を紹介します。

メロン　　　与田準一

メロンはきいろである。いや、はなれてみたまえ。
メロンはまるいのである。

メロンはまるい。いや、ちかよってみたまえ。
メロンはきいろである。

とおのいてみたまえ。まるみがある。ちかづいてみたまえ。
においがある。

はなれてみたまえ。陰影がある。ちかよってみたまえ。
あみめがある。

正体はどこにあるのだ。
メロンがあってメロンがない。

メロンの「正体はどこにあるのだ。」おもしろいですね。メロンのように身近にあり、それがなんであるかわかっているように思っていても実はわかっていないものがなんと多くあるのでしょう。その発見（疑問）から詩は生まれるのです。

2 説明を省き、表現は簡潔に

小説などの散文は、できるだけ緻密に、そして詳細に場面を描くことを求められます。一方、詩は説明をできるだけ省き、簡潔な表現にしなくてはなりません。すべてを書かず、描かれた世界を読み手に想像させるのです。十人いれば十人がそれぞれの違った世界を思い浮かべる。そこに詩の面白さがあるのです。

簡潔で適切な表現をするために一番ふさわしい言葉は何か。例えば、「表記」について考えてみましょう。ひらがな、カタカナ、漢字、ローマ字などの文字をどう使うかで詩の印象が違ってきます。「ひらがな」は柔らかい感じがする一方で締まりがない。「カタカナ」はきっちりとした感じの半面堅さがある。「漢字」は形を連想させる半面重量感がある。「ローマ字」はエキゾチックな感じの一方ゴツゴツ感があるなど。また日本語の母音の効果についても注意しましょう。詩人・三好達治は「母音のAは、何かしら鷹揚《おうよう》であたたかい感じがする。Oもまたそれにやや似ている。Uになるとその度を減じて、代りに柔らかくおだやかな感じになるようである。EとIは鋭くつめたい。母音の体温を計るとそういう順序になるようである。（略）島崎藤村の小諸なる古城のほとりは、この一行O母音の効果が円滑に働いていて快い。」（『三好達治随筆集』・岩波文庫・一九九〇年）と述べています。「小諸なる古城のほとり（Komoronaru Kojyonohotori)」。確かに一行にO母音が八つ使われていてあたたかい感じがします。母音のもつ〝温感〟を見事に言いあてているといえましょう。このように母音の効果に注意を払うとも詩を書く上でとても大切なのです。辞書をひきながら、またリズムや響きを考えながら繰り返し繰り返し読み最適な言葉を紡ぎだしてみてください。

3　焦点を一つにしぼる

一篇の詩には一つのテーマを。詩を読んでみて何を言いたいのかわからない時があります。そのような作品は、一つの詩の中に二つも三つもテーマが入っていることが多いようです。言いたいことをたくさん盛り込みたい、その気持ちはよくわかりますが一篇の詩で言いたいことは一つにする。そして、二つめ三つめのテーマはまた別の作品にするようにしてみましょう。

4　推敲《すいこう》を忘れずに

推敲とは、書き上げた詩文を読みなおし、書き直すことをいいます。これは、唐の詩人賈《か》島《とう》が「僧推月下門（僧は推す、月下の門）」の句を得たが、「推（おす）」を改めて「敲（たたく）」にしようかと迷って韓愈《かんゆ》に問い、「敲」の字に決めたという中国の故事『唐詩紀事（四〇）』によるものです。「門を推す（押す）」のか、「門を敲く（たたく）」のか。推すよりも敲く方が月下で音が響きますから風情があると韓愈は思ったのでしょう。やはりここは「敲く」がふさわしいと。たった一字の違いですが、このように字句を考え練ることを忘れてはなりません。また推敲時、誤字脱字などの間違えもないか確認しましょう。

5　好きな詩人の作品を読もう

詩を書くと同時に自分の好きな詩人の作品を読むことがとても勉強になります。その際、好きな詩人の詩だけでなくエッセイや手紙、年譜などが含まれた全集を読んでみることをおすすめします。詩人の人となりを知ったうえで読んでみると作品をより深く味わうことができるからです。「学ぶ」ことは「まねぶ」ともいいます。好きな詩人の言葉の使い方や言葉のリズムを大いに「まねび」とって、そこから自分独自の作品を作り上げていきましょう。
以上、詩を書く上で心がけるべきことや注意点を述べてきましたが最後に私の作品を例にあげ、初稿から推敲を経て完成作品になるまでを紹介します。

「初稿」

ひつじ

ひつじは
あたまに
ホルンを二つ
もっている

ずっとずっと　むかし
ひつじはホルンを
吹いていた

広すぎる草原
のんびり草をたべてるうちに
いつのまにか　ホルンを
吹くのをわすれてしまった

グルグルまいた
うずのなかに
どんな音がつまっているの

ひつじは
あたまに
ホルンを二つ
もっている

若いころ動物園に行った時のことです。多くの動物の中で、なぜかひつじに惹かれました。――角が渦を巻いている。重そうだ。楽器のホルンに似ている。どんな音がでるんだろうと次々と想像が広がりました。角とホルンの結びつけ、これは高校生のとき吹奏楽部にいたからでしょうか。その後、詩を書くようになったある日、その時のことがふっと頭の中に浮かんできました。草原でのんびり草をたべてるひつじ。悠久な時間と牧歌的な印象……。浮かんできたそれらをメモにし、最初に書きあげたのが「初稿」の「ひつじ」です。

その「初稿」を次の理由で何度か書き直しました。

1　第一連・第五連の「ホルンを二つ」。「二つ」の漢字が固い印象をあたえますので「ふたつ」とひらがなにしました。

2　第二連の「ずっとずっと」。「むかし」を強調するために繰り返しの技法をとりましたが、全体のリズム（語調）を整えるために、「ずっと」としました。

3　第三連の三行目「ホルンを」。一・二・五連にも「ホルン」の言葉があります。くどいのでここを省略。

4　第四連の「どんな音がつまっているの」。「音がつまる」を別の表現にしたい。ここが一番苦労しました。「つまる」を「ひびく」に変えることでホルンの音の広がりがでました。

5　第五連（最終連）は、第一連の繰り返しなので単調すぎる。そこで楽器として役に立たなくなった今、ホルンは飾り物として頭に置かれているという内容にしてみました。「決定稿」は次のようになりました。

「決定稿」

ひつじ

ひつじは
あたまに
ホルンをふたつ
もっている

ずっとむかし
ひつじはホルンを
吹いていた

広すぎる草原
のんびり草をたべてるうちに
いつのまにか
吹くのをわすれてしまった

グルグルまいた
うずのなかには
どんな音がひびいているの

ひつじは
あたまに
ホルンをふたつ
かざっている

Ⅴ章　少年詩五〇の基礎用語

【I】詩の基本に関する用語

1 **アイデア**　構想、着想、思いつきのことです。

2 **イメージ**　心の中に思い浮かべる像のこと。視覚的要素が中心となります。

3 **オリジナリティ**　独創性、創意。詩など芸術作品はほかに例のない独自なものを発見し創造することが大切といえます。

4 **構成**　詩を組み立て一つのものにまとめあげることです。

5 **詩**　詩の定義については本文序章を参照。なお、詩をポエムとかポエジーという言葉で表すことがありますが、ポエムは具体的な形をとり私たちが読む作品（詩）をさします。ポエジーは、詩情のこと。つまり詩を作りたくなる気持ちを表します。

6 **ジャンル**　文芸上の部類、部門、様式などをいいます。

7 **シュールレアリスム**　超現実主義。「シュール」と略する場合も。非日常的なさま、奇抜なさまをいいます。「非日常・ファンタジーの詩」（121ページ参照）。

8 **主題**　テーマ、題目。作品の中心になる思想内容、中心課題をいいます。

9 **センス**　ものごとの微妙さに鋭く感応し、これを見分ける能力、感覚のことです。「ユーモアの——がある」。

10 **想像力**　イマジネーション。実際に見たり経験したりしていない事柄を頭の中に思い浮かべること。詩をつくる際にはこの想像力が重要といえましょう。

11 **素材**　芸術創作の材料となるものです。

12 **題材**　芸術作品の主題になる材料。素材の中の中心的なもののことです。

13 **ニュアンス**　明暗、陰影、色合い、音色、調子、感情などの間にみられる微妙な差異のことです。

14 **ボキャブラリー**　語彙《ごい》。単語の総体。言葉の種類。「――が豊富な人」。

15 **モチーフ**　表現活動の動機となる中心思想のことです。

16 **リアリティ**　現実性。芸術のもつ現実らしさ、真実らしさをいいます。

【Ⅱ】詩の形態に関する用語

17 **文語**　平安時代を中心とした古語の体系。古文で使用する言葉です。

18 **口語**　話し言葉を基礎とする文体の言葉のこと。現代語のことです。

19 **定型詩**　リズムをあらかじめ定めて、五音・七音を中心に書かれた詩のこと。明治時代から大正時代にかけて作られた詩は文語体で書かれているので「文語定型詩」といいます。

（文語定型詩の例）

初恋　　　島崎藤村

まだあげ初《そ》めし前髪《まへがみ》の
林檎《りんご》のもとに見えしとき
前にさしたる花櫛《はなぐし》の
花ある君と思ひけり

（第一連）

「初《そ》めし」、「前髪《まへがみ》」、「見えし」、「さしたる」、「思ひけり」が文語。各行七音＋五音の定型。

20
自由詩　伝統的なリズム・詩形の束縛から解放された詩のことで、今読む詩のほとんどは自由詩といえます。自由詩は内的リズムによる詩といえます。対義語は定型詩。

21
散文詩　散文（小説や物語、随筆など通常の文章）の形で書かれた詩のことです。本文97ページ参照。散文の対義語は韻文。

22
韻文　一定のリズム（韻律）をもち形式の整った文章のこと。一般的に、詩、短歌、俳句のことをさします。

23 一行詩

一行で書かれた詩のこと。一行詩の場合、題名が一篇の詩を構成するための重要な要素となります。まず次の詩を見て下さい。

馬　北川冬彦

軍港を内臓している。

題名の「馬」が詩の一部となっています。また「軍港」ならば「内蔵」と書きます。「内臓」と書くことによって「馬」の体の内部をイメージさせてくれます。複雑で入り組んだ「軍港」の内部と「馬」の内臓のイメージとが重なってきます。

春　安西冬衛

てふてふが一匹韃靼海峡《だったんかいきょう》を渡って行った。

「韃靼海峡」は間宮海峡あるいは架空の地名ともいわれています。「てふてふ」は

「蝶」のこと。一匹の蝶が海峡を渡っていく鮮烈なイメージが感じられます。また、その蝶によって「春」のイメージを端的に表しているといえましょう。

少年詩では、はたちよしこが多くの一行詩を書いています。『レモンの車輪』(48ページ)で「白葱」を紹介しましたが、ここでは次の二篇をひきます。

凍夜《とうや》

ブランコは鉄にもどっていく

初雪

はじめて形のあるものにふれる

(『いますぐがいい』より)

一作目。まず、「凍夜」という題名によって自分の視点を定めます。そして、それを足場にして「鉄にもどっていく」ブランコをイメージします。二作目も題名の柔らかな「初雪」に視点を定め、次に「はじめて形のあるものにふれる」と内容に踏み込むことが肝要となります。

24 **叙（抒）情詩**　リリックとも。自分の感動や情緒を表現した詩のこと。詩の多くは叙情詩といえます。

25 **叙景詩**　風景を書きあらわした詩のこと。

26 **叙事詩**　出来事や事実をありのままに述べた詩のこと。少年詩では桜井信夫の『ハテルマシキナ』が有名。（205ページ参照）

27 **児童詩**　子どもが自身でつくった詩。（Ⅰ章「少年詩とは」参照）

28 **少年詩**　大人の詩人が子どもに向けて書いた詩。（同右）

29 **現代詩**　大人の詩人が大人読者に向けて書いた詩。（同右）

30 **アンソロジー**　詞華《しか》集。詩文などの選集。アンソロジーは複数の詩人の作品によって構成されます。そのため個人詩集にはない、バラエティに富んだ作品が醸し出す独特な味わいがあります。一冊の中に収められた作品が時には刺激しあい、時には共鳴しあって絶妙なハーモニーを奏でます。少年詩の場合、多くはテーマ別、学年別のもの。

31 **ソネット**　十四行詩。四、四、三、三行の四連からなる形式のことです。次の中原中也「一つのメルヘン」が有名。

一つのメルヘン　　　中原中也

秋の夜は、はるかの彼方に、
小石ばかりの、河原があって、
それに陽は、さらさらと
さらさらと射しているのでありました。

陽といっても、まるで硅石《けいせき》か何かのようで、
非常な個体の粉末のようで、
さればこそ、さらさらと
かすかな音をたててもいるのでした。

さて小石の上に、今しも一つの蝶がとまり、
淡い、それでいてくっきりとした
影を落としているのでした。

やがてその蝶が見えなくなると、いつのまにか、

今迄流れてもいなかった川床に、水は
さらさらと、さらさらと流れているのでありました……

ほかにも、谷川俊太郎に『六十二のソネット』があります。

32　**連**　詩の一区切りのこと。小説などの「段落」と同じ。最初のまとまりを第一連、次を第二連……といい、最後は最終連ともいいます。

【Ⅲ】詩のレトリックに関する用語

33　**アイロニー**　皮肉、反語。冷笑・非難する目的で、言葉のもつ意味とは反対の内容を裏面に含ませて言い表すことです。あきれるほどひどい状態を「ごりっぱですね」などという類。

34　**アレゴリー**　寓意《ぐうい》。いわんとすることを他の物語や動物の話に例えて表現することです。「イソップ物語」の類。

35　**オノマトペ**　フランス語で擬声語および擬態語を含めた言い方です。詩の場合、本文の30ページにあるように独自の響きが必要となります。ここでは次の例をあげておきます。

おと　　いけしずこ

ぽちゃん　ぽちょん
ちゅぴ　じゃぶ
ざぶん　ばしゃ
ぴち　ちょん

ざざ　だぶ
ぱしゅ　ぽしょ
たぷん　ぷく
ぽつ　どぼん…

わたしは
いろんな　おとがする

（工藤直子『のはらうたⅠ』より）

「のはらみんなのだいりにん」の詩人・工藤直子が「いけしずこ」の詩を書き留めてい

ます。豊富なオノマトペに脱帽です。

36 比喩

ものごとの説明に、これと類似したものを借りて表現すること。たとえ。詩のもっとも重要な方法の一つといえましょう。次の「直喩」「隠喩」「擬人法」などがあります。それぞれ大切な技法になりますので、いくつか例をあげておきます。

37 直喩

シミリー。比喩の一つ。「～ように」「～みたい」を用いて表現する方法。

虹の足　　吉野　弘

雨があがって
雲間から
乾麺みたいに真直な
陽射しがたくさん地上に刺さり
行手に榛名山が見えたころ
山路を登るバスの中で見たのだ、虹の足を。
眼下にひろがる田圃の上に
虹がそっと足を下ろしたのを！
野面にすらりと足を置いて

虹のアーチが軽やかに
すっくと空に立ったのを！
その虹の足の底に
小さな村といくつかの家が
すっぽりと抱かれて染められていたのだ。
それなのに
家から飛び出して虹の足にさわろうとする人影は見えない。
――おーい、君の家が虹の中にあるぞォ
乗客たちは頬を火照らせ
野面に立った虹の足に見とれた。
多分、あれはバスの中の僕らには見えて
村の人々には見えないのだ。
そんなこともあるのだろう
他人には見えて
自分には見えない幸福の中で
格別驚きもせず
幸福に生きていることが――。

三行目の「乾麵みたいに真直な」がたとえるもので「陽射し」がたとえられるもの。直喩によって地上に刺さる陽射しの様子が見えてくるようです。

38 隠喩

メタファー、暗喩。比喩の一つ。「〜ように」を用いずに表現する方法。まず、前掲作、吉野弘「虹の足」の十行目「虹のアーチ」が隠喩（暗喩）。次の作品にもたくさん用いられています。

海の風景　　堀口大学

空のせきばんに
かもめがＡＢＣを書く
海はは い色のまきばです
白波はめんようの群れであろう
船が散歩する
たばこをすいながら

船が散歩する
口ぶえをふきながら

第一連一行目「空のせきばん」が隠喩。「せきばん」は「石の板」。空を石板にたとえています。第二連「海ははい色のまきば」が隠喩。海を灰色の牧場にたとえています。また「白波はめんようの群れ」も隠喩。「めんよう」は「羊」のこと。白波を羊の群れにたとえています。

39 **擬人法** 比喩の一つ。人間でないものを人間のように例える方法。

まず前掲作、吉野弘「虹の足」の八行目「虹がそっと足を下ろしたのを！」が擬人法。また、堀口大学「海の風景」の第一連「かもめがＡＢＣを書く」や第三連、四連「船が散歩する」も擬人法。

40 **体言止め** 詩文の末尾を体言（名詞）で終わらせる方法。

述語が途切れた感じでいいきってないところから深い余情を残します。

天気　　　西脇順三郎

（覆《くつがえ》された宝石）のような朝
何人《なにびと》か戸口にて誰かとさゝやく
それは神の生誕の日。

作品「天気」の末尾が「生誕の日。」と体言で終わり余情を残しています。

41 対句法 語の並べ方を同じくし、意味は対になる二つ以上の句を連ねて表現する方法。

前掲作、堀口大学「海の風景」の第三連「船が散歩する／たばこをすいながら」と第四連「船が散歩する／口ぶえをふきながら」が対句になっています。

42 倒置法 普通の語順を逆にする表現技法。

前掲作、堀口大学「海の風景」の第三連「船が散歩する／たばこをすいながら」と第四連「船が散歩する／口ぶえをふきながら」が共に倒置法です。

43 リフレイン 繰り返し。

前掲作、堀口大学「海の風景」の第三連、第四連で「船が散歩する」とリフレインが使われています。

次の作品では春が豊かに満ちているさまを「あふれている」のリフレインによって表しています。

春の河　　山村暮鳥

たっぷりと
春は
小さな川々まで
あふれている
あふれている

44 **象徴**　シンボル。表現しにくい抽象的な事物を具体的なものによって表すこと。平和を鳩で、国家を国旗で、五大陸を五つの輪で表すなど。

45 **デフォルメ**　変型。絵画、文学などで形をゆがめることによって特殊な感覚や見方を強調するやり方。

46 **リズム**　詩の韻律。音の強弱、長短、高低または同音や類音の反復などによって作りだされる言葉の調子のことです。なお、「韻」とは、同音または類似音を配列することで、頭韻、脚韻などがあり、「律」とは五七調、七五調を基本とする音数律のこと。

47 **パラドックス**　逆説。常識とは反対のことをいっているようでも、実は道理にかなっている説のことです。「急がば回れ」の類。

48　**パロディ**　替え歌、もじり文。よく知られている文学作品をまね、全く違う内容を盛りこんだ表現のこと。

49　**レトリック**　修辞《しゅうじ》法。言葉を効果的に使って適切に表現する言語技術のこと。直喩、隠喩、擬人法などをさします。

50　**モノローグ**　独白。詩の多くは詩人の内部の独白であるといってよいでしょう。対義語は「ダイアローグ（対話）」。

Ⅵ章　いま読んでおきたい少年詩集

1　まず現在入手しやすい詩集を二〇〇〇年以降、発行年代順に紹介します。（本文で引用した詩には作品名とページを記載しました。また、本文で紹介できなかった詩集には解説を加えました。）

・内田麟太郎『うみがわらっている』（銀の鈴社・二〇〇〇年）

……「なみ」（114ページ）

・尾上尚子『シオンがさいた』（リーブル・二〇〇〇年）

太平洋戦争の末期に幼児期を過ごした著者が、少しでも戦争について、平和について考えるきっかけになってくれればと自身の体験を綴った一冊。全二十八篇。「防火訓練」「おむつ泥棒」「シオンがさいた」などの作品は胸を打ちます。

・はたちよしこ『また　すぐに会えるから』（大日本図書・二〇〇〇年）

序詩「わたしを」のほか、四章に三十三篇所収。「草」「アリ」「サワガニ」などの事物詩は新鮮。また「わたしを」は恋愛詩といってもいいでしょう。「階段」など阪神大震災をよんだ作品も収められています。

・藤井則行『春だから』（銀の鈴社・二〇〇〇年）

三章に三十六篇所収。「子どもからおとなまで楽しく読んでもらえて、しかも心に響くようなものでありたい」と願いながら綴った詩人の六冊目の詩集。多くは動植物や身の回りにあるものを描いています。「一輪草」「さくら」「蚊帳をしまう」などは佳品。

・川崎洋子『しゃしんのなかの　おとうちゃん』（らくだ出版・二〇〇一年）

……「とくべつな秋の一日」（133ページ）

・島村木綿子『森のたまご』（銀の鈴社・二〇〇一年）

「うさぎのぬくもり」「光の子」「森のたまご」の三章に三十七篇を所収。身近な生き物や広大な宇宙を描いています。「どんぐりは／森のたまご」とうたう表題作は柔らかな感性を思わせてくれます。

・石津ちひろ『あしたのあたしはあたらしいあたし』（理論社・二〇〇二年）

……「あした」（60ページ）

・西田純『木の声　水の声』（銀の鈴社・二〇〇二年）

第五詩集。三章に三十六篇を収めています。「山」「言霊」「木」などの作品から澄みきった言葉の響きがきこえてくるようです。自分の心の底にゆっくりと落ちてくる言葉を作品にしているからだと思います。

・菊永謙『原っぱの虹』（いしずえ・二〇〇三年）

……「野の花」（146ページ）

・田中ナナ『新緑』（いしずえ・二〇〇三年）

三章に三十四篇所収。「おかあさん」「ママがあかちゃん」の童謡で知られる田中ナナの第一詩集。「ゴキブリ」「東京の烏」など身近な生き物をユーモラスにうたう一方、表題作は「祖母が死んだ日／／外は新緑だった／五月の光があふれていた／……」と逝く者と生まれ育っていくものとを対比しながら描いています。

・岩佐敏子『でたらめらんど』（いしずえ・二〇〇四年）
……「しんぱいのたね」（64ページ）、「『すき』と『きらい』」（116ページ）

・海沼松世『空の入り口』（らくだ出版・二〇〇四年）
……「寒の暮」（94ページ）、「グランドピアノ」（125ページ）

・みもざすみれ『季節の中で』（いしずえ・二〇〇四年）
春・夏・秋・冬の章に七十二篇収録。詩人の故郷・秩父の自然をみずみずしくうたっています。また自然の中で生き生きと遊ぶ子どもたちが存在しています。「一本の橋」「道」「一つぶの種」などは悠久な時の流れと不変な心のありようを描いた佳作。

・『谷萩弘人詩集』（いしずえ・二〇〇四年）
既に刊行された『伝説の村』『剥製』『食虫植物』『山中無暦日』の四冊の詩集から選びぬかれた作品群に詩の全貌と詩人の全体像が浮かびあがってきます。作品の多くは簡潔で鋭く切りこんだ短詩。中でも「福寿草」「良夜」「蝶の道」などに詩人独自の目線を感じます。

・高野つる『足んこの歌』（らくだ出版・二〇〇五年）

・村瀬保子『窓をひらいて』（てらいんく・二〇〇五年）
……「春だもんな」（83ページ）

・いとうゆうこ『おひさまのパレット』（てらいんく・二〇〇六年）
……「すみれ」（150ページ）
……「はっぱとおとうと」（90ページ）

・鈴木レイ子『冬をとぶ蝶』（てらいんく・二〇〇六年）

夏秋冬春の章に三十二篇収録。鍵をなくして部屋に入れない私がガラス戸を通して見る不思議な光景を描いた「夏の魔術師」、誰もいない家に帰る少年を金木犀の香りが迎えるという「おかえりなさい」は佳品。

・田代しゅうじ『野にある神様』（てらいんく・二〇〇六年）
……「鍬の正月」（70ページ）、「かくれんぼ」（136ページ）

・高木あきこ『どこか　いいところ』（理論社・二〇〇六年）
……「冬の満月」（75ページ）

・『江口あけみ詩集』（てらいんく・二〇〇七年）
……「皿」（51ページ）

・はたちよしこ『いますぐがいい』（長崎出版・二〇〇七年）
……「凍夜」、「初雪」（ともに176ページ）

・間中ケイ子『猫町五十四番地』（てらいんく・二〇〇七年）
……「ひるね」（44ページ）

・藤井かなめ『あしたの風』（てらいんく・二〇〇八年）
収録された四〇篇の作品は、どれも端正な詩形を形づくっています。作品に通底するものは「悠久の時間」の流れです。その時の流れの中で、今は忘れられようとしている風景や事物たちが息を吹きかえし、命を輝かせます。先祖たちがきらめき息づいている「千枚田」、物おきのすみで思い出をあたためている「火鉢」、今も音もなく時をひいている「挽きうす」など作品に登場する古き懐かしい事物には積み重ねられた歴史の重みを感じます。

・宇里直子『兎の散歩者』（幻冬舎ルネッサンス・二〇〇八年）
……「ずっと」（122ページ）

・山中利子『遠くて近いものたち』（てらいんく・二〇〇八年）
……「風とハンカチ」（123ページ）

・坂本京子『やわらかなこころ』（てらいんく・二〇〇九年）
小学生の日常生活が情感細やかに描かれている第一章、心の成長を個性あふれる詩篇で訴えかけてくる第二章、自然や動植物の豊かな歳月をうたった第三章と三つの章で構成されています。全三十六篇。「あしびの花」「春の夜」「つつじの花」など、ささやかでありながら満たされる心の豊かさを描いた作品に心惹かれます。

・杉本深由起『漢字のかんじ』（銀の鈴社・二〇〇九年）

……「命」（101ページ）

・三谷恵子『虹のかけら』（てらいんく・二〇〇九年）

第三詩集。三章に三十二篇所収。東京に生まれ、そこで暮らす詩人が自然や日常、非日常などを描いています。都心でホタル、コゲラ、アサギマダラと出会えた偶然の祝祭を綴った「都心の庭」、夏休みの始まりの揺れ動く心を描いた「夏のモビール」などが印象に残ります。

・内田麟太郎『ぼくたちは　なく』（ＰＨＰ研究所・二〇一〇年）

「泣く」の章に十八篇、「笑う」の章に二十一篇が収められています。冒頭に置かれた「ぼくたちは」の中にある「ぼくたちは　いきているだけで／きっと　えらいのだとおもう」の一文が詩集全体を語っているように思います。とりわけ、「なけたらいいね」「いつも」「きみのなまえを」など「泣く」の章に佳品が並びます。

・鈴木初江『またあした』（リーブル・二〇一〇年）

植物や人間の生活をうたった作品、二十六篇を収めています。どの作品にも詩人のやさしい眼差しを感じます。「つくし」「ぽぽっ」「こでまり」など、リズミカルに読める作品が多く幼年向け。

・江﨑マス子『こうこいも』（らくだ出版・二〇一一年）

・柏木恵美子『ひとりぼっちの子クジラ』（銀の鈴社・二〇一一年）
……「春はどこから」（81ページ）

四章に四十四篇が収められており、日本の自然や生き物たちの姿が生き生きと描かれています。また詩人の鋭い観察眼のなかにも慈愛に満ちた、あたたかい眼差しを感じます。第三章「十二支の動物たち」の「ウサギ」「ヘビ」「ウマ」などは軽妙でウイットに富んだ作品群。

・小林雅子『青銅の洗面器』（四季の森社・二〇一一年）
……「木の葉」（72ページ）

・たひらこうそう『八月の祈り』（らくだ出版・二〇一二年）

「山椒魚」「伝説の姫」「八月の祈り」の章に二十九篇所収。奥備後の自然や消えゆく集落を味わい深く描いています。「八月の祈り」は原爆投下後の広島の街の惨状をその体験者として描写した作品。書かねばならないという作者の思いが伝わってくる誠実な詩集です。

・最上二郎『おーい山ん子』（らくだ出版・二〇一二年）

福島県奥川分校の生活を描いた八篇の〝ものがたり詩〟。どの作品もユーモアがあり、骨太でたくましくて輝きを感じます。福島の方言を取り入れ、子どもたちが生き生きと描かれています。

・山本なおこ『ねーからはーからごんぼのはしまで』（らくだ出版・二〇一二年）
……「しもうていかれましたけ」（87ページ）

・山崎るり子『雲売りがきたよっ』（思潮社・二〇一二年）
うつろう雲の下の出会いと出発の物語。全三十二篇。「雲売りがきたよっ／雲売りがやっときた／くると思っていたんだ今日あたり／こんなにすかんと立派に晴れて／かなたこなたに浮く雲があればね／やあ雲売り　うれしいなあ……」。ユニークで独特の世界を描く一冊です。

・清水ひさし『かなぶん』（四季の森社・二〇一三年）
……「かなぶん」（48ページ）

・檜きみこ『クケンナガヤ』（私家版・二〇一三年）
……「やぶ蚊」（92ページ）

・武鹿悦子『星』（岩崎書店・二〇一三年）
四章に三十八篇所収。一冊の詩集の中に詩人のみずみずしい感性があふれています。幼い子どもを対象にした一章から高学年、大人の目線で描いた四章へと詩域は広く、どの作品にも発見があり、命のきらめきがあります。とりわけ、命のリレーの尊さを巧みに描いた「見えない食卓」、雌カマキリのみなぎる生命力を感じさせる「カマキリ」は秀逸。

・岩佐敏子『ふしぎらんど』（四季の森社・二〇一三年）

『へんてこらんど』『でたらめらんど』に次ぐ、〝らんど〟シリーズの一冊。全三十五篇。第一章〈音の織物〉の八篇は新しい試みの作品。また色彩感覚の豊かな「春の旅」「かざぐるま」や詩人の本領発揮ともいえるナンセンス性の強い作品「ふしぎらんど」「一年生」「ふしぎらんどの夢」なども収められています。

・高橋忠治『定本　高橋忠治全詩集』（小峰書店・二〇一三年）

……「生まれる」（32ページ）、「ほっかりと」（74ページ）

・江本あきこ『三日月のひと』（てらいんく・二〇一四年）

第二詩集。序詩及び春・夏・秋・冬・春の章に四十二篇収録。移り行く季節の彩りや身の回りの出来事、猫との語らい、そして命の輝き・いつくしみを柔らかな感性で描いています。中でも「ソファーのつぶやき」「晩秋」「家」など秋・冬の章に佳品が並びます。詩人江本あきこの独特のオノマトペも楽しい。

・加藤丈夫『仙人』（四季の森社・二〇一四年）

著者の第三詩集。二十七篇所収。東日本大震災を題材にした「無数の木洩れ日」「境界の向こうには」などは胸に響いてくる作品です。また中国の書物から材を得た「入れ子細工の『仙人』」「池袋の仙人」など長篇物語詩の多くに描かれた不可思議な世界も魅力的。

・西沢杏子『虫の恋文』（花神社・二〇一四年）

……「あげは蝶」（156ページ）

・杉本深由起『ひかりあつめて』（小学館・二〇一五年）
……「アシナガバチ」（50ページ）
・『続まど・みちお全詩集』（伊藤英治、市河紀子編・理論社・二〇一五年）
『まど・みちお全詩集』（一九九二年初版、二〇〇一年新訂版）後に発表された新作に加え、新たに発見された一九九〇年以前の作品を補遺としてまとめたものです。第一部：詩、第二部：補遺、さらに付録資料、編集を終えて「存在」の詩人、年譜、著作目録、総合索引を入れたおよそ五〇〇ページの著作。
・『高階杞一詩集』（角川春樹事務所・二〇一五年）
……「返事」（129ページ）、「食事」（131ページ）

2　次に二〇〇〇年以前に発行された詩集を発行年代順に紹介します。現在、入手しにくいものが多いので図書館などで探して読んでください。

・『与田凖一全集』（全六巻）（大日本図書・一九六七年）
……「おと」（118ページ）、「しなのゆきはら」（119ページ）、「メロン」（162ページ）
・谷川俊太郎『ことばあそびうた』（福音館書店・一九七三年）

……「ののはな」（57ページ）、「いるか」（58ページ）、「さる」（59ページ）、「かっぱ」（60ページ）

・清水たみ子『あまのじゃく』（国土社・一九七五年）……「木」（14ページ）

・鈴木敏史『星の美しい村』（教育出版センター・一九七五年）……「手紙」（66ページ）

・阪田寛夫『夕方のにおい』（教育出版センター・一九七八年）……「お経」（62ページ）

・高田敏子『枯れ葉と星』（教育出版センター・一九七八年）……「忘れもの」（110ページ）

・谷川俊太郎『地球へのピクニック』（教育出版センター・一九八〇年）……「ネロ」（20ページ）

・工藤直子『てつがくのライオン』（理論社・一九八二年）……「ライオン」（106ページ）

・武鹿悦子『ねこぜんまい』（かど創房・一九八二年）……「ねこゼンマイ」（55ページ）

・のろさかん『おとのかだん』（教育出版センター・一九八三年）

・草野心平『げんげと蛙』（教育出版センター・一九八四年）
……「ゆうひのてがみ」（68ページ）
・工藤直子『のはらうたⅠ』（童話屋・一九八四年）
……「春のうた」（31ページ）
・原田直友『虹――村の風景――』（教育出版センター・一九八四年）
……「おと」（180ページ）
……「かぼちゃのつるが」（34ページ）
・菊永謙『花まつり』（らくだ出版・一九八五年）
……「寒夕焼け」（99ページ）
・小泉周二『海』（かど創房・一九八六年）
……「水平線」（69ページ）、「海とおれ」（85ページ）
・日野生三『雲のスフィンクス』（教育出版センター・一九八六年）
……「きりん」（53ページ）
・関根榮一『にじとあっちゃん』（小峰書店・一九八六年）
……「かいだん」（115ページ）
・高崎乃理子『さえずりの木』（かど創房・一九八七年）
四章に三十六篇所収。新鮮で透明感のある作品や悠久の時間、広大な空間が感じられる詩が多くあります。「洞穴」「太古のばんさん会」は古代の人々に思いをはせる作品。なかでも、いつまでも待ち続ける少女の思いを「わたしの影はまだ／すももの木の下にいて…／友だちがくるのをまっている」と描く「約束」に心惹かれます。

・はたちよしこ『レモンの車輪』（教育出版センター・一九八八年）
……「レモン」（46ページ）

・えのゆずる『水辺の祈り』（大日本図書・一九八九年）
……「水」（140ページ）、「土に眠る」（141ページ）

・海沼松世『かげろうのなか』（教育出版センター・一九九〇年）
三つの章に三〇篇所収。信州の小さな城下町で生まれ育った著者が、そこでの出来事や自然・動植物を描いた第一詩集です。「せみ」「カバのあくび」「さいのつの」など散文詩も収められています。

・大久保テイ子『ぼっこてぶくろ』（岩崎書店・一九九〇年）
……「のいばら」（127ページ）

・小沢千恵『つるばら』（らくだ出版・一九九〇年）
三章に二十六篇所収。著者は「どんな小さな生き物にも命があり、輝いているように思います。そのような小さな命の輝きを見つめて、その中からひたひたとあふれてくるものを自分で確かめて、これからも詩を書いていきたい」（あとがき）といいます。集中、詩人が生まれた中国大陸での戦争体験を描いた第Ⅲ章の「ふるさと」「歩くこと」「一枚の風景」「蘇州の運河」は多くの子どもたちに読んでもらいたい作品群。

・清水たみ子『かたつむりの詩』（かど創房・一九九〇年）
八章に五十三篇所収。児童雑誌『赤い鳥』で活躍した少年詩人・童謡詩人。五十八年間に詩作された作品の中から選ばれたもので、一九三二年『赤い鳥』に入選した「雀の卵」や同年童謡雑誌『チチノキ』に発表した「うたたね」などよく知られた作品が収められています。

・間中ケイ子『ちょっと首をかしげて』（らくだ出版・一九九〇年）
『おしろさま』に次ぐ第二詩集。「心の中に幻燈のようによみがえる少女の頃の風景やできごと」を綴った全三十一篇。「かりん」「大きな木」「山」など抒情性あふれる物語詩の中で、「ヒラメ」「どしゃぶり」は異彩を放っています。

・立原えりか『あなたが好き』（大日本図書・一九九一年）
……「あなたが好き」（155ページ）

・永窪綾子『せりふのない木』（らくだ出版・一九九一年）
……「せりふのない木」（95ページ）

・『まど・みちお全詩集』（伊藤英治編・理論社・一九九二年）
……「イヌが歩く」（19ページ）、「つぼ・Ⅰ」（41ページ）、

「つけものの　おもし」（42ページ）

・千代原真智子『パリパリサラダ』（教育出版センター・一九九三年）

……「古靴」（109ページ）

・桜井信夫『おならぷうっのうた』（文渓堂・一九九四年）

五つの章に三十五篇所収。詩人は「おならを、ばかにできません。…おならにかぎらず、人間のからだは、こころといっしょになって、ふしぎなはたらきをつづけていて、それが〝生きる〟ことでもあります」（あとがき）と語ります。「こまるよはらすきむし」「へそまがり」「おならぷうっ」など楽しい詩がたくさん収められています。

・宇部京子『よいお天気の日に』（教育出版センター・一九九六年）

……「ねこやなぎ　ほっ！」（78ページ）

・小泉周二『太陽へ』（教育出版センター・一九九七年）

……「正体を現す」（112ページ）

・たかはしけいこ『とうちゃん』（教育出版センター・一九九七年）

『おかあさんの　におい』に次ぐ第二詩集。三章に二十五篇所収。父との暮らしを描いたⅠ・Ⅱ章の詩篇は強く胸を打ちます。「『とうちゃん』と　呼ぶと／なきそうになるから／わたしは／『おとうさん』と　呼ぶ」（「呼ぶ」）。父へのオマージュ（賛辞）の一冊といえます。少年詩の正統をいく詩集。

・桜井信夫『ハテルマシキナ』（かど創房・一九九八年）

平和を願う三部作の一つ。『デイゴの花』『げんばくとハマユウの花』に次ぐ第三作目。「―よみがえりの島　波照間―」と副題があるように、もうひとつの沖縄戦、波照間島の戦争マラリアを描いた長編叙事詩。八月十五日の終戦の日、南風見《はえみ》の浜の沖、平らな岩の上に「コノ石ワスルナカレ（忘勿石）／ハテルマ　シキナ」と識名《しきな》校長が刻んだ一文がいつまでも心に残ります。

・山中利子『だあれもいない日』（リーブル・一九九八年）

おじいさん、おばあさんとの暮らしを描いた連作三十二篇所収。祖父・祖母と小学生のわたしの日々の生活が生き生きと、時にはユーモラスに語られています。「のはら」「くさけいば」「犬のたろう」など心惹かれる作品が多く、詩人の柔らかな感性を感じます。

3　アンソロジーもあげておきましょう。

・学年別『こどもポエムランド』（教育出版センター・一九八五年）

編者は日本児童文学者協会で編集委員が桜井信夫、鈴木敏史、土田明子、日比野省三、菊永謙の五名。本書は、より多くの子どもたちにじかに詩を手渡したいという意図のもとに企画・編集されています。限定私家版を含めた既刊詩集や児童文学雑誌、同人誌等の一万数千篇の作品及び六百篇の公募の中から、一詩人一作品として二一七篇を選び、あえて学年別編集を試みています。また、詩の楽しさを本づくりの上でも表したいと、小学一年生から六年生まで学年ごとの色別刷りや、画家の自由な発想による「ちいさなてんらんかい」などの新しい試みもあります。収録された詩人は萩原朔太郎、三好達治、草野心平等の現代詩人から谷川俊太郎、まど・みちお等の少年詩の詩人、さらに小泉周二、小林雅子ら新進詩人と豪華な顔ぶれ。黒沢蓬子「びわのおへそ」(一年生)、赤岡江里子「ツバメのす」(二年生)、都築益世「てんとうむし」(三年生)、原田直友「かぼちゃのつるが」(四年生)、高崎乃理子「約束」(五年生)、峠三吉ほか五名による「にんげんをかえせ」(六年生)の戦争詩群と各学年に佳品が並んでいます。

・学年別『詩のランドセル』(らくだ出版・一九八六年)

編集委員は吉田瑞穂、こわせたまみ、吉田定一、大江田貢ほか。本書は、大人の詩人と同時に全国の児童の詩がそれぞれ三〇篇ほど収められており、「詩を読む・歌う・味わう」ことに主眼が置かれています。高い表現技術で描かれた大人の詩人の作品と比べ、児童の詩は主に子どもたちの幅広い活動と体験が綴られています。中には、中国残留孤児や第五福竜丸といった政治・社会問題への言及もあり、今後のアンソロジーを企画する上で参考となるでしょう。全国各地の『詩・文集』からすぐれた詩を選び、学年別に分類した編集委員のエディターシップが強く感じられるアンソロジーといえます。

・『愛の花たば』『夢の宝石箱』（岩崎書店・一九八九年）

本書は『おはなし愛の学校』全十六巻のうち、第十五巻『詩Ⅰ・愛の花たば』、第十六巻『詩Ⅱ・夢の宝石箱』として企画されたアンソロジー。二冊ともに章立てされ、「少年詩」がそれぞれ五十七篇、五十二篇収められています。編集委員は、北川幸比古、渋谷清視、小西正保の三人。本書に収録されている詩人は、全て純粋な少年詩人といってよいでしょう。子どもの目線に立った作品に詩の面白さ、楽しさが感じられます。『愛の花たば』は「愛のうた」「夢のうた」「美のうた」など十四のテーマ、『夢の宝石箱』は「童話のように」「植物のうた」「昆虫のうた」など九つのテーマに分けられています。

・年刊『子どものための少年詩集』（銀の鈴社・一九八四〜二〇一六年以降も継続）

一九八四年から『現代少年詩集』（芸風書院）として二十年間継続してきたものを二〇〇四年より『子どものための少年詩集』と改題し、新たな体制で少年詩の普及と質的向上を目指して刊行しているアンソロジーです。全国各地で少年詩を創作している詩人たちの応募作品の中から「子どもでもわかる言葉で書かれた文学性の高い作品」を選定し発表。毎年一五〇篇前後の作品が掲載されています。

・ほかには、日本児童文学者協会編の『県別ふるさと童話館』（リブリオ出版・一九九七〜二〇〇一年）に収録された一四九篇の郷土をうたった詩作品、学年別『ことばあそびの本』六巻（伊藤英治編・理論社・二〇〇一年）、学年別『元気がでる詩』六巻（伊藤英治編・理論社・二〇〇二年）、学年別『新・詩のランドセル』六巻（らくだ出版・二〇〇五年）など注目すべきアンソロジーがあります。

あとがき

信州に生まれ育った私は、小学生のころ郷土の詩人・島崎藤村の「小諸なる古城のほとり」〈小諸なる古城のほとり／雲白く遊子《ゆうし》悲しむ……〉を教科書で読み、高校生の時には室生犀星の「小景異情（その二）」〈ふるさとは遠きにありて思ふもの／そして悲しくうたふもの……〉に出会いました。当時は近代詩・現代詩といわれる詩人の作品が主流でした。これらの詩は今でもすらすらと諳《そら》んじることができます。詩の持つ独特のリズムがあるからでしょう。その後、上京し出会ったのが少年詩人・原田直友氏の作品でした。平明な言葉で書かれているにもかかわらず描かれた深奥な世界にたちまち惹《ひ》きつけられてしまいました。その原田氏の少年詩に影響をうけ、少年詩の世界にはいり、少年詩を書くことになったのです。

その後、少年詩誌「みみずく」の同人に誘われ、次いで同人誌「アルゴル」の創刊に携わり、そして昨年は詩とエッセイの個人誌「スピカ」を刊行しました。これらの活動の中で様々な詩人との繋がりができ、彼ら詩友の協力・援助により詩集もいくつか発行することができました。これも原田直友氏との出会いがきっかけだったと思っています。一人の詩人（一篇の詩）との出会いが私の人生に大きな影響を与えたと言っても過言ではありません。

その「少年詩」という言葉は、児童文学の世界においてようやく定着し市民権を得たように思います。そして、それにつれて少年詩に興味をもち、詩を読むばかりではなく詩を書く方々も少しずつ増えてきています。この流れをもっと大きく広げるためには、まず詩画展や朗読会などの開催が考えられます。また小・中学校への詩の出前授業やアンソロジーの出版、現代詩の書き手との交流などもありましょう。さらにいえば少年詩の批評・評論の充実ということになるでしょう。どんなに多くの詩が書かれ、詩集が発行されたとしても、批評のないところにすぐれた詩は生まれないと思うからです。一篇の作品、あるいは一冊の詩集は明晰で論理的な批評・分析を経ることによって初めてすぐれた作品として生き続けていくのではないでしょうか。少年詩の世界がさらに発展をとげ、多くの読者を得るためにも批評分野の充実が一層求められています。そして若い書き手から書きなれた方までが魅力ある少年詩の世界を一望できるような丁寧でわかりやすい批評・評論の一冊がもっとあってもいいと思います。

さて、今の小・中学校の教科書には多くの少年詩人の書いた作品が掲載されるようになりました。うれしい限りです。その作品に慣れ親しんだ方々が学生時代を思い出しながら本書を読み、心に残る詩に一篇でも出会えればこれほど幸せなことはありません。できれば、その一篇を書いた詩人の詩集を探してみましょう。全集がある場合にはエッセイや年譜も読んでみましょう。そうすることで詩への理解は一層深まるでしょう。また詩は難しいと先入観を持っていた方が、何かのきっかけでこの本を読み、少年詩の面白さ、楽しさ、奥深さに目覚めていただけたらとてもうれしく思います。

詩を読むたのしさ、詩を書くうれしさ――。一篇の少年詩によって、あなたの生活が豊かで潤いのあるものになることを願ってやみません。

終わりに、本書を出版するにあたっては、てらいんくの佐相伊佐雄さん、銅版画家のオバタクミさん、そして多くの詩友のお力添えをいただきました。ここに心からお礼申し上げます。

二〇一七年春

海沼　松世

海沼　松世（かいぬま　しょうせい）
一九五一年、長野県長野市生まれ。本名、海沼博幸。早稲田大学教育学部卒業、同大学専攻科修了。八六年、詩誌「みみずく」に参加。八八年に少年詩誌「アルゴル」創刊に携わる。また、二〇一六年「スピカ」を創刊し、詩・童謡・詩人論などを発表。主な著作に詩集『かげろうのなか』（教育出版センター）、詩集『空の入り口』（らくだ出版・第九回三越左千夫少年詩賞受賞）、アンソロジーに『現代少年詩集』（芸風書院）、『愛の花たば』（岩崎書店）、『新・詩のランドセル』（らくだ出版）などがある。現在、「みみずく」、「スピカ」所属。日本児童文学者協会会員。

てらいんくの評論　**少年詩の魅力**

発行日	2017年4月18日　初版第一刷発行
著　者	海沼松世
表紙銅版画	オバタクミ
発行者	佐相美佐枝
発行所	株式会社てらいんく
	〒215-0007　神奈川県川崎市麻生区向原 3-14-7
	TEL　044-953-1828　　FAX　044-959-1803
	振替　00250-0-85472
印刷所	株式会社厚徳社

ISBN978-4-86261-129-1　C0095